臼井太衛全詩集

臼井太衛全詩集・既刊冊子

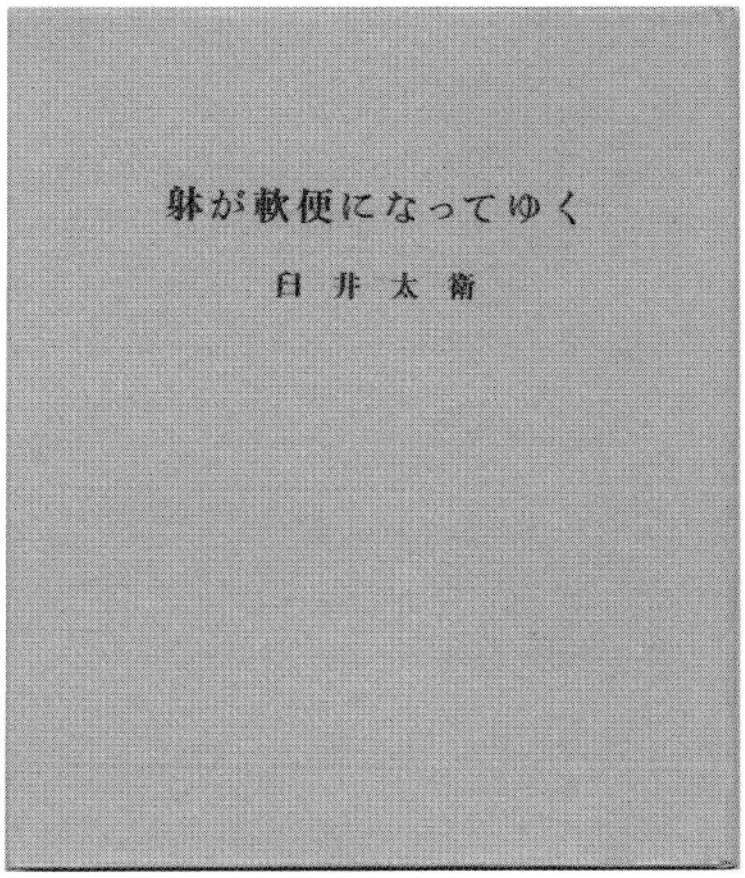

詩集『躰が軟便になってゆく』

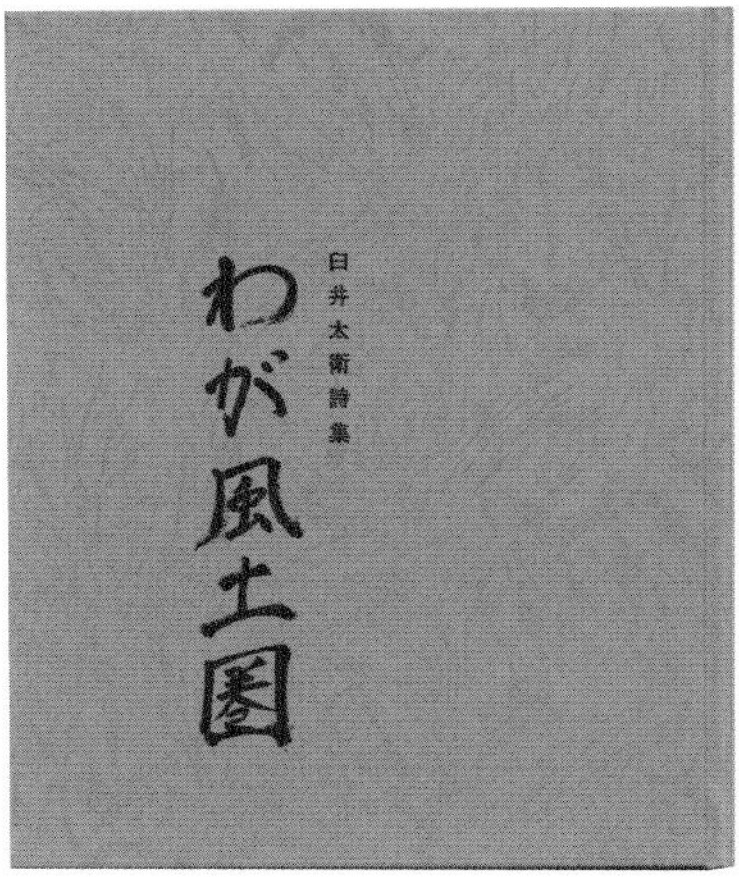

詩集『わが風土圏』

『水車むら水土記』

『ひとさしゆびのさかさむけ』

臼井太衛の『わが風土圏』について

黒田喜夫

一九六八年に臼井太衛の第一詩集の『躰が軟便になってゆく』が出されたとき、それに寄せた文のなかで、例えば、自己にあるこんとんと対象にあることんとんから、発すことば、ぶ、ということも必要だろうと。私は述べたことの覚えがある。

黒田喜夫氏による『わが風土圏』への書評

になつてしまつた「民族詩人」（谷川雁、松永伍一、[illegible]井、私などの）の運動の頃のものから、六〇年代の後半を経験したところまでの作品を含む、その詩集のおよそに対して云わずにいられなかつたことで、事実、その〝肺が軟便になつてゆく〟というような自己の存在感覚の危機を下降的に、自棄的に、しかし繊細にとらえたところの言句を総題とする詩群にあつたものは、それが提示している存在感覚から、壊れ易い、過敏な感受性、やみ

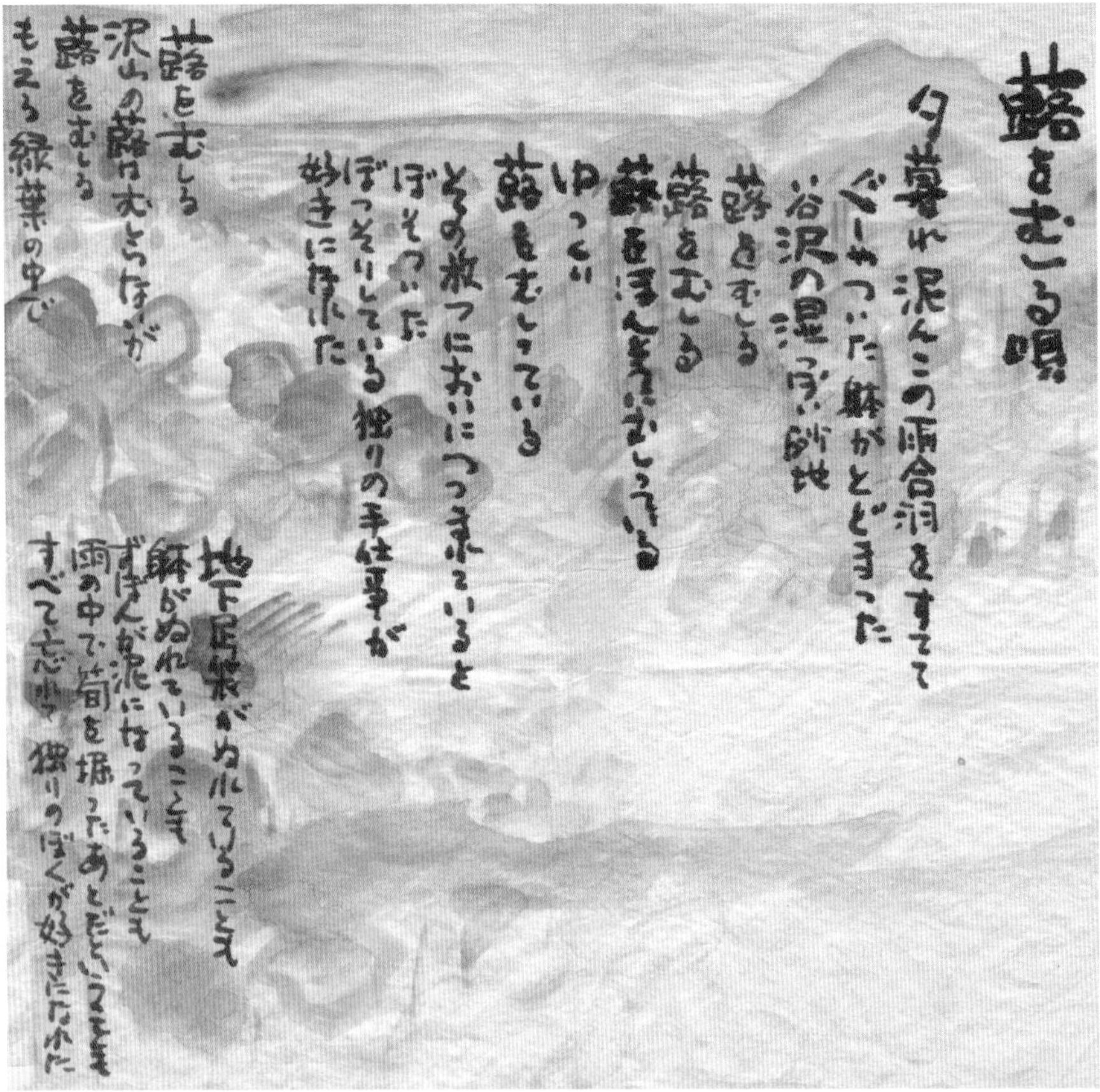

「蕗をむしる唄」への賛　画・書　大堂多嘉子氏

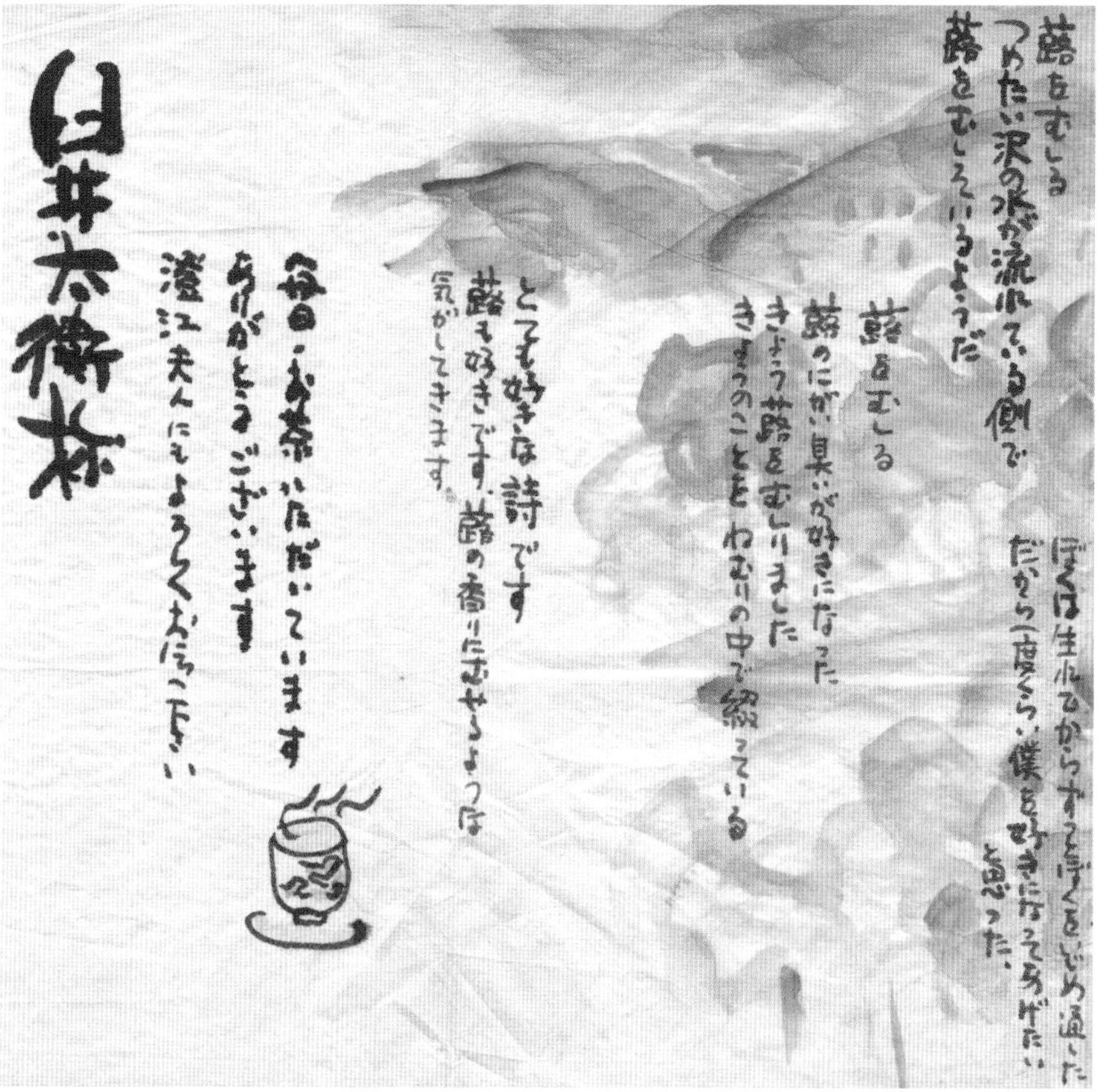
蕗をむしる
つめたい沢の水が流れている側で
蕗をむしっているようだ
蕗をむしる
蕗のにがい臭いが好きになった
きょう蕗をむしりました
きょうのことをねむりの中で綴っている
ぼくは生水でからずっとぼくをとどめ通した
だから一度くらい僕を好きになってあげたい
と思った。
とても好きな詩です
蕗も好きです。蕗の香りにむせるような
気がしてきます。
毎日、お茶いただいています
ありがとうございます
澄江夫人にもよろしくお伝え下さい
臼井太衛様

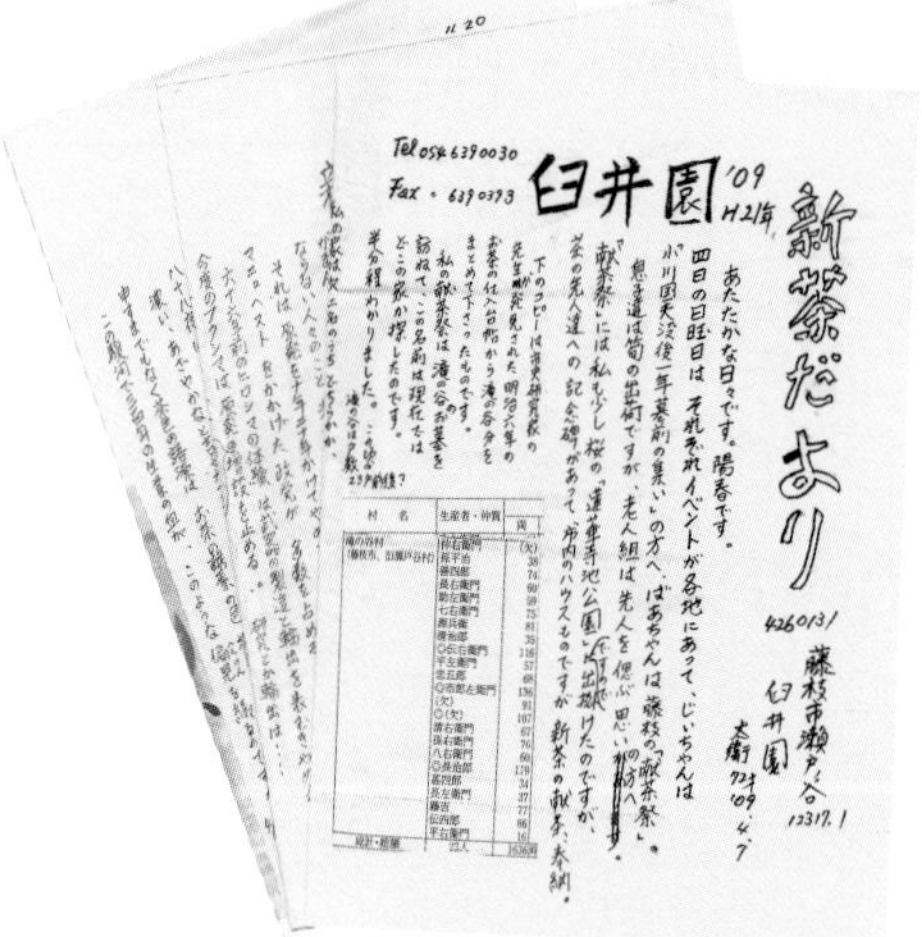

臼井園『新茶だより』

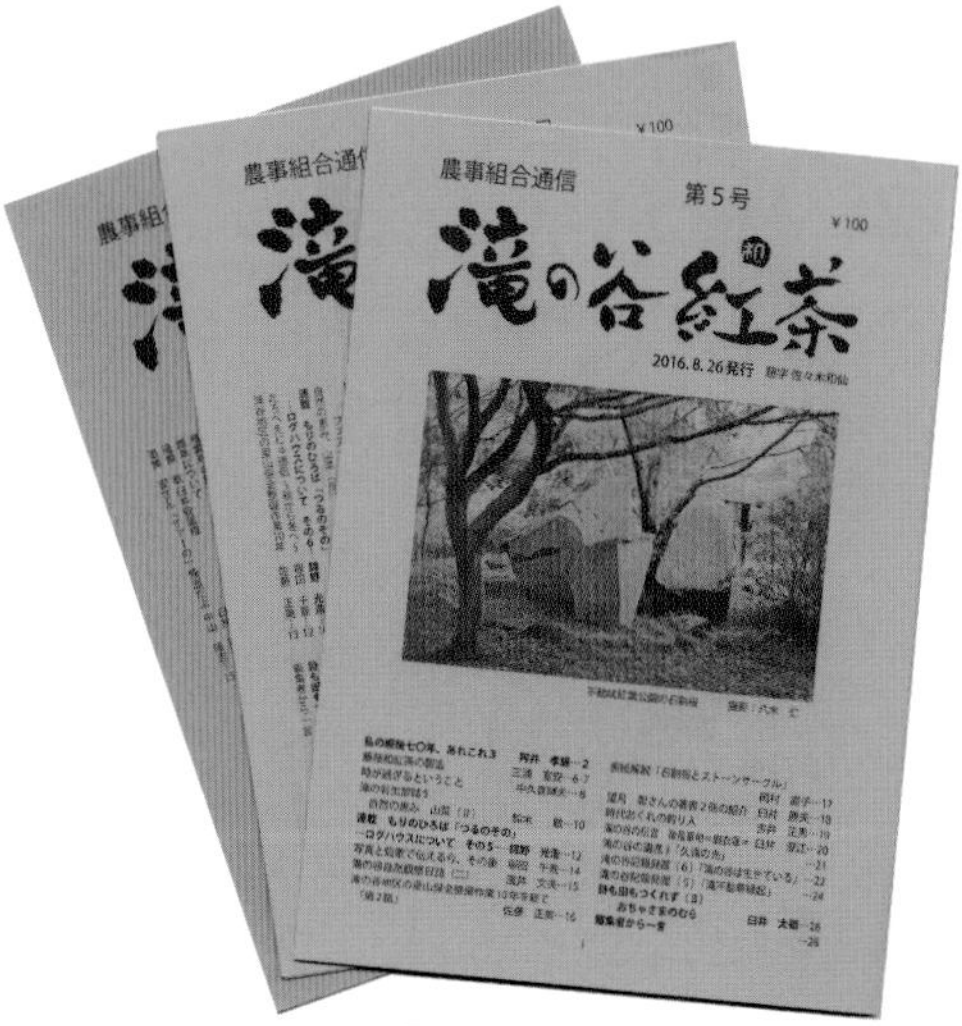

『滝の谷紅茶』

『臼井太衛と下田光夫』

臼井太衛さんのこと

岩崎　芳生

まず、『臼井太衛全詩集』のタイトルが胸にひびく。
いまや私の語ることなど何もかも古い事柄である。しかし、どれもが一人の皮膚の内外で起きたことである以上、例えば映画監督の見るラッシュフィルム同様、三十年、十年前と今を切れ目なく繋いだり戻したりで人間の像はなりたつ。思うのだが、一人の人間の中では、そこで何十年の時が過ぎたとしても、そこと今はひと繋がりで、どの一コマであっても昨日今日の鮮度に変わらぬ、とこれは年を重ねた者の実感である。しかし、そう言いながら、そこに横たわる一秒一日、明日が見えない思いの連続でもある。あまりに当たり前の言い草だが、そういうものとして過去を（今は）眺めている。

太衛さんと出会ってもう半世紀である。三十才を越えたあたりで同人誌を出す話があり、谷川昇さんと私とで藤枝に小川国夫氏を訪ね、小説の書き手を推薦してほしいと切り出すと、氏が躊躇なく上げたのが山本恵一郎と臼井太衛の名だった。谷川昇を主宰に『静岡作家』が創刊し、まず異彩を放ったのはその二人の作風だった。彼らの作が作者の重い内実を伝えるのに比べ、谷川、岩崎ではいかにも文学青年的スタイルだった。ここでは他作をおいて臼井太衛「おばあさん」をみれば、題からしてオヤという感じで、死を近くした祖母と作者本人らしい跡取りの会話が主で、作文もどきかと読むうち、会話もふくめ文全体がじわりと胸に積もってくる。こちらが考える小説的結構などどこ吹く風……会話や感想の文章が彼の体温をおびて、当時でも町場では消えかげんの人間の温みが（何十年後の今でも消えぬ）ある原形的な気配で感じられた。不思議に思えた。

そのころ何通か手紙をもらったり家の近くで酒を共にしたが、それから年月をおいてふと、「正直あの時は何を話したらよいか、困ったっけやあ」と太衛さんが呟いた。そこにはこちらのトロさもあるが、一方、やっぱり、と思い当たるふしもあった。彼は、家職の木工で自分の場のない苛立ちをつづる私に、山家の活計《たつき》との親しみを思ってくれていたのだろう。その頃木工は指物という一業種が煙のごとく地場から消えうせる変動期で、山と町の青年が重ならぬ話のもどかしさで酒を酌んだのだろう。しかしすでに特異な詩集『躰が軟便になってゆく』があり『わが風土圏』を用意中の男、散文も日常も詩語（文体）と同じ水平上にある男への信頼はあり続けた。難しい話は不得手な私だが、今でもどうかして彼の詩の文体のことが思い浮かぶ。分析はするどい詩人にまかせて、体臭である文体、まっとうで躓きやすい内面、そういう山奥の繊毛をのこす自生木みたいなものへの、こちらの生きものの部分でおもう懐かしさ。桜だとか紅葉だとか、何かといっては杉村孝の石の工房もふくめ滝の谷へ上ったが、じつは人間のにおいに誘われていたのだ。

もう一つ、それは互いに老年も終点に近くいて思うのだが、臼井、山本と三人、小学三年で敗戦、戦後復興、バブル経済とその破綻、ＩＴ……。間に朝鮮戦争、ベトナム戦争、テロと、臼井こそ山に守られたが他の二名は焦土の飢餓も体験した。われらの時代は世界史でも稀なほどなフルセットと呼べそうだ。近頃では樺太引揚げの一人をくわえ、時の凝縮をベースにした昔語りを始めたところだ。人間の転変はすざまじく、昔語りもつらい。人間はつねに現実に追い越される存在だと、嘆きも出かねない。出来るならこういう経験に棹さし、次に来る人の未来を展望したいが、どこに接ぎ穂があろう。六、七十年前の戦後の青年の、前途に光をみたい習性は老いても残っているらしい。

話は変わる。一つの場面を思いだす、二十年以上は前だろう。

藤枝の市民会館で開かれた加藤登紀子のショーに出掛けた。歌は「知床旅情」くらいしか知らなかったが、太衛さんが呼んでくれたと思う。柔らかな歌声を心地よく聴いていると、通路をのこのこ舞台に歩くオヤジがいて、何とそれが太衛さんで袖から舞台に上がってしまった。オヤオヤと歌手が見つめる中、近づいた太衛さんは下げていた一升瓶を置きざま、舞台に胡坐《あぐら》をかき「お疲れさん、まあ一杯」と湯飲み茶碗をさしだしたのである。歌手もしゃがんで茶碗を受けた。両者なかなかの自然体でやがて男が舞台をおりてゆくと、見送った加藤登紀子がつぶやくがごとく「いい男だねえ。……あの背中、惚れちゃおうかな」と言ったのだった。よっ、千両役者！　と声をかけたい一景だった。

この『臼井太衛全詩集』も通信文の「春の筍　お茶だより」「新茶だより」をふくめ、一冊ぐるみで立ち上がる臼井太衛の全身と見える。外見でどう見ようと、鋭くまたやわらかで痛みやすい感受性と、動じずオレにまかせろという両面。そして今回の発見で、民話的な笑いと森にひびく黒い哄笑。どうしたらこのような肉声を文章にできるのか。自分への課題も感じたことである。

その声のあるじは

山本恵一郎

もう何年前になるのか思い出せないが光景ははっきり眼に浮かんでくる。山峡の川沿いの道は川原のように石がごろごろしていた。巨大な台風に襲われた翌々日である。山腹から鉄砲水が噴き出し流れくだったという。タクシー会社から払い下げられた小型乗用車ダットサンで危うく石をよけながらのぼって行った。激しい水流にあらわれた深い裂け目が路面にいく筋もあって、道の両側の草に葉のついたままの枝や木の根などがひっかかっている。崩れかけた崖のきわを車を川の方によせ、タイヤを草むらに踏み込ませながらのぼる。山裾を半周したところでようやく前方がひらけた。川幅もひろがりそのぶん瀬は浅くなり、川の両側に田んぼがひろがり民家が見え里村の景色である。

川には大勢の村人がはいり石を動かして流れを整えようとしていた。大きな声を掛け合って作業を進めている。そのなかでも一段と大きな寂びのある声が耳に残った。なにを叫んでいたのか。大きいがささくれだってはいない。おおらかで深みのある温かい声の調子だった。私はまだこの時にはこの声のあるじを知らない。車をさらに走らせて目的の家、臼井家に着いた。川に作業に出て留守かと思ったが、臼井家の主は悠然と縁側に腰掛けていた。川ざらえには息子が出ている、と。

前日、頼みたいことがあるので上ってきてもらいたいという電話をもらっていた。用件を聞いて驚いた。台風で道が壊れた。自家用車を町へ下ろしたいのでヘリコプターを手配してもらいたい。道の様子を見ながら先輩とのぼっていった。これなら石をよけながら下れば町へ出られますよ。幸い用件はそれでおわった。

昭和四十三年、文藝同人誌『静岡作家』を創刊することになり、川ざらえで大きな声を出していた声のあるじと会うことになる。創刊の準備をして声をかけてくれたのは岩崎芳生、谷川昇、有村英治の三氏。指定の場所へ出向くと家の外の道までとてつもなく大きな声が響いてくる。どこかで聞いたことのある声だと思ったが思い出せない。思い出せないが懐かしく温かく聞こえる。声にはあの日の瀬音や風や土の匂いがしみこんでいる。そうか、あの時の声だ。声のあるじは部屋の真ん中に胡坐をかいてお茶の効用を説いていた。

その時から太衛さんとの交流がはじまる。太衛さんはこの時すでに気鋭の農民詩人だった。黒田喜夫、松永伍一らと活発な活動をしていた。小説を書きたくて『静岡作家』の創刊に身を寄せたのである。得がたい人が加わってくれたものだ。集った顔ぶれのなかで日々の仕事や生活がそのまま作品になる生き方をしているのは太衛さんのほかにはいない。

臼井家の背戸山で蜜柑をもいで頬ばった。筍を掘った。砂防堤の小さなダムで泳いだ。水車小屋の古民家の囲炉裏で酒を飲んだ。同人は随分臼井家におしかけてお世話になった。そこで一緒にたわむれ遊ぶ太衛さんと、詩や小説にあらわれる太衛さんとのあいだに少しの相違もない。太衛さんはおおらかだ。近く寄る人を心底和ませる。

滝の谷という山峡の自然に暮らし、農に励み、茶づくりに励み、農を詠い、茶づくりを詠い、集落を詠う。そういう自然のなかの太衛さんを慕い谷をのぼって来る人たちと語りあう。太衛さんはあの川ざらえのときの声の印象のままに寂びをおびた温かい響き、温かい体温で人をなごませる。農と文学、そのふたつをひとつに生きながら、表裏のないどっしりした岩のような人だ。太衛さんに会うといつも同時代を生きる喜びを感じる。

はじめのことば

臼井　太衛

八十路を越えてひょんなことからだろう。平成二十八年から二十九年までの一期だけ静岡県詩人会長に祭り上げられた感じだった。歴年の会長は近刊のそれぞれ重厚な詩集を上梓していたのを常としたことを識っていた。私は五十年もの昔に詩集を編んだに過ぎない……。と言うわけで企画しようにも近刊でまとめるだけの詩編がなかった。

そこで全詩集といってもせいぜい五十篇そこそこにもかかわらず本年に入って漠然と考えてはいた。そこへ急拠病気がおそいかかってこの詩集はそれを契機に急いだ編集となった。相談を岩崎芳生、山本恵一郎両氏にした。すると氏からは仕事にしてきたお茶の季節の言葉をはさむことを進言され、編集の助言を得て甘えた詩集出版になった。

表紙はサインによると司修氏が昭和五十二年の私の家でお酒のあいまに私をスケッチして下さった絵が客間に飾ってあった。それを羽衣出版に運び込んだら、びっくりされ、ぜひ表紙にお願いしたいと言って下さった。今や小川国夫・大江健三郎など超一流文学者の著作を装幀された司修氏の表紙ではと恐縮の至りものだが、住所を頼って承諾を得たことも感謝申し上げたい。

編集に何かと足をわずらわせた高井正一さん、そしてぶっつけ本番での羽衣出版社長にもねんごろになっていただき特別のはからいをいただいた。

自分の詩について語れば、すべて職業だった農林業を営む上での私は、自分の姿、位置について虚実を書いたような気がするし、その虚実を方法論としては師の黒田喜夫から共鳴を得た。「空想のゲリラ」は、「毒虫飼育」等民話詩と言うべき性質のものが多い。老境に入ってからは実の姿を写すことは、恥ずかしいのでひらがな書きをしてこれで解りやすい姿、形を等身大にやわらかくした。

私の詩の中で思想性があるとしたら、詩の上では『滝の紅茶』第12号に書いた「ねたろうのおばけ」の〝おわれている気分とにがにがしい現実にある世の中でのためいき〟、そして第13号に書いた「うばすてやまのようき」の〝逃げてもとりかこまれる現実〟、みたいなものである。

目次

『わが風土圏』（一九七二年五月）

『水車むら水土記』（一九八二年八月）

『ひとさしゆびのさかさむけ』（二〇〇六年五月）

『滝の谷紅茶』

詩も田もつくれず（二〇一六年〜）

『Λ』（一九五四年十一月〜一九五六年八月）

夜

紫外線でまつ白い
シイツに香水を落す
僕の疲労した体がその上にのつかつている。

夢状の生に
鼻の感覚細胞に
ぴちぴちと快味な微粒子がとんでくる。

ガッチリと組合さつた
活字版の組織が

一かたまりになつて瞳に攻撃する。

打倒！　ダトウ！

麻痺した脳細胞が
いつしょうけんめい感知している。

『Λ』Ⅵ号・1954・11月

生活するぼく　一

生活苦からの自殺であろう
氷の張りつめた湖面に
脛巾《はばき》、手甲《てっこう》姿の
百姓の妻の体がころがつていた
死顔の肌はぼくぼくし

ビンもある　アザもある
旺盛な労働意欲のありそうな体格をした
女だつた
ぼくが死体に触れた時には
まだ体に温《ぬく》みがあつた

全く瞬間の行動であつたのか

生きているぼくは
死体の
着物をずたずたに破つて
心臓にメスをつき刺し！
大動脈を切断した！

ぼくの生は
死体の
血液を搾取しようと決意していたのだ

血液はいつこうにあふれてこない

死人の手足を四本もぎり取つた！
頭と胴体を
氷結の上にどかつと置いて
ぼくの五十五キロの体重は
圧搾機械が醤油をしぼるように
のりおどつた
しゆう一つとにじみ出てくる
搾取した血液は
血液銀行に売却契約済だから
ぼくは陽気だ
あせつているが楽しいんだ
今日まで
奴隷制社会で生きた　ぼくは
氷点下零度の湖面で
勝利感で満腹している
ぼくの口腔に

体じゅうの傷口に
塩っぱい血餅が
浸入してくる
ぺつぺつぺ
どろんとしてうまい

二〇〇〇CCの血液ビンは
まつ赤い危険信号のぼくの体と
街道を走つた

群衆はこの光景に真面目顔でいた

『Λ』Ⅶ号・1955・2月

林道を歩きながら

だまって聞いて
だまって見て
だまってうなずいている
なおもだまってしたがっている

林道に近い樹木は
空にむかって葉っぱをひろげて
地にむかって根っこをはびこらせて
いくのに　いくのに
樹葉は日光をさまたげ
横根は大地を包括する
それらは
昨日《きのう》より今日は多く
明日はもっと多くなるだろう

炭俵を荷つけた　農婦の背負子《しょいこ》が
ギッチギッツチとひしめいています
材木荷車を動かす　木出人夫《こだし》の顔が
水銀玉でいっぱいにじんでます
炭粉の中で働いた　炭焼きの父《と》っさん
　の鼻が
煤煙だらけのかまどの煙突みたいです
麥袋を水草に運ぶ　老婆のかっこうが
エネルギー源はこれですよと言ってる
　ようです

それらの足はどれもこれも
今日も夕方の林道を歩きながら

道が凸凹で弱《よわ》るなあ
石だらけのごつごつ道じゃ
林道は歩きにくいと思いながら
林道をかためてゆきます

だまって聞いて
だまって見て
だまってうなづいている
なおもだまってしたがっている

『Λ』Ⅷ号・1955・5月

生にとびこんできたもの

1

〈凝視して〉〈住居して〉
原色文字の広告絵があふれていた
原始林から出て来たぼくは
この街に

人間が生きているなどとは信じきれなくなつた

その日から
太陽の顔がみえる（顔を見せないこともあつた）
朝がやつてくると
決つて
ぼくの脳細胞組織が録音テープに化けて
死んでいる人間の街の
——の婆が
全身の知覚器官を通過して
ビリビリとテープに刻まれ始めた

透明な五月の脳漿がしびれ
ひからびる

2

午前零時
ビルディングの怪物が

街燈にとぼけて
公衆便所で
たらたらと小便をした
たらたらと

ＷＣには醗酵した酒が生きている
真昼の太陽がぎんぎんと燃え
たくましい筋肉体の
今さつき午後二十三時に用を足した
人間の　群れのにおいが
ＷＣには醗酵した酒が生きている

〈ノスタルジア〉

ぼくは手洗の蛇口をひねつて
ごおおつ　しやああ
白い空気の中にひびきとおる
ごくんごくんとのどをならして水を飲んだ

ぼくはＷＣで　始めて
　満たしてくれた水を飲んだ
午前零時

『Λ』９号・１９５５・８月

瞳の火刑

白いコンクリイトの橋下で
静止している冬の夜
星が流れ去つてしまつた空間には
白い壁が幾重にも堆積している
光を失つた隕石だけが
ときどき小川の清流とさゝゆく
こゝに住むと
ぼくには消えた過去だけがある

三保の松原　の羽衣
旅立つ童顔
銀色のバスを待ちながら
リュックサックも
まあたらしい帽子も靴も
夜明けない校庭のお星さまも
みんなぼくのものだつたのに

一人ぼつちの世界も
白紙は
ぼくだけの
好きな少女のネエムでいつぱいになつた
それが真黒になると
わずかに残つた白地が
夜空の星にみえて
宝石の輝やく
ぼくの時間が刻まれていつた

今日も生きていると
人間の不幸にいくつも出合つて
瞳が涙でつつまれてくると
自然にぼくは
遠くへ去つた星だけを探そうと願つているが

今日ぼくらの瞳の努力は無用になつている
涙をいつぱい背負つた瞳は
砂漠の太陽にあげてしまえ！
焼き栗した子供が
いろりにしんぼうしてるように
ぼくらの肉や骨まで燃して
砂熱で火刑にするのだ！

瞳よ
お前に新しい願いをする
砂漠の火刑に耐えた時

オアシスの泉のような涙を
涙腺からよびもどせ！
涙ににじんだ星達を！

『Λ』13号・1956年・5月

流刑人のうた

Ⅰ　野兎

赤く熟した実を食べたい
梅雨期の青い梅をかじつている
少年の日の愚かな夢
なんでもない夢
疫痢菌の住みひそんでいる夢

ぼくは所在《ありか》を探していた
岩間にわくにがい水を飲みながら
野兎の群れを辛抱強くみつめて
赤く瞳がおどつてくると
陽気になつてうたをうたつた

夢がさつたぼくは
沙漠の流刑人
野兎を夢見ることはもうよそう
野兎の住んでいる国は
沙漠から遠いお月様

沙漠には月光が降つている
ぼくはそれを全身にあびて
裁判所の被告人席で
故郷の草餅を食べながら
お月見をしている

野兎よ
今夜も狩人は出掛けていつた
お前よりずつと大きい
ポインターを連れて
鉄砲と弾丸と

野兎よ
お前の瞳と鼓膜の鋭敏な苦痛を
知らなかつた自分を恥じる
赤く燃えている銃の筒口
銃声のひびき

お月様の訪ねてこない夜が読くと
ぼくは孤独
孤独なぼくは
ぼくを処刑する銃を取り出してきて
赤錆ている銃口をみがく

撃鉄を引く手も弱々しい
この手は沙漠を掘り続けよう
清水の噴き出る地点まで
罪人のぼくは
五本の指をきたえる

II　螢

街にはお前の暮す場所はない
視覚に飛び込むオブジェ
水草の住家をもつた水色の蟲籠
流行の先端をゆくはいからな造形物も
それらは空しい手作りだ
お前は街には縁がない
街にはお前の愛するものはない
デパートで小鳥や金魚と席が並んで
可愛い坊ややお嬢ちゃんの手に渡ろうが
まあるい笑顔も瞳も
すきとおつたうたも

お前の喜びは消えている

街にはお前を宿す場所はない
灰色の水に沈んでいる
水際に終末を告げたしだれ柳も
時々お前を宿す悲痛な願いをだいてみるが
街路樹の悲しい宿命を知つてしまつている
お前は街の風景を拒絶せよ

お前はこの街に住むと自滅する
病んだ街のネオンの中で
お前の唯一の生命である燈火は
おびただしい細菌にとりかこまれて
塩つぱい水の街で
お前は自分の燈火《あかり》を見失つてしまう

お前は知つているか
みずみずしい少年や少女達のあこがれが

街の病んだ色彩の中におぼれて
軽薄に染色されてしまつていることを
不幸なカメレオン族たちを
お前は知つているか

こんなにも街はお前にとつて不幸な場所なのに
お前は何故流刑の宿命を負つているか
流刑人につきまとう皮膚の痣と
少年の悪知恵をもつて
山の少年のうたう甘い水を去つて
毒水を飲んでお前は死ぬ

『Λ』14号・1956年・8月

『躰が軟便になってゆく』（一九六八年三月）

炉辺

A

昼間でも暗い杉皮屋根の百姓家
ヒシ型の入り口の赤茶けた木戸から
一間巾のでこぼこした土間には
風呂桶　カマド　ナベ　カマ　流し　水カメ　戸棚
奥行二間で全部用が足せる
ムシロとゴザが畳代用で
野良着は一面に散らかっている
昼間でも暗い杉皮屋根の百姓家

ヒシ型の戸口から
山間のうすい光線がしのびこみ
人間の腕程太い立枯木は
炉の中で黄をおびた　くどいだいだい色に気味悪く燃えて
昼間でも暗い杉皮屋根の百姓家
炉の燃火に鉄鍋と鉄瓶をかけて
シワとスジのおっ母と陰気な娘は
もそもそ
飯を食っていた
おっ父は日傭でだんな衆の山仕事
〝雨の日は遊ぶでそんだ〟
〝日傭は平均がきかんでそんだよ〟
おっ母は肥料屋の借金取りにそう嘆く
昼間でも暗い杉皮屋根の百姓家

B

重く堅い正方形の囲炉裏ぶち
天井板の無い　暗黒の屋根裏から

コオドとハダカ電球が垂れている
すすだらけの金鍵《じざいかぎ》と土瓶が垂れている
炉には枯れもやだけが
しんしんぼうぼうと
燃上がり
燃火は黒い土瓶に
人間の骨が燃えるように
しんしんぼうぼうと
赤い炎を打てる
この夜の炉辺に
肥料屋の借金取りにも
百姓家の主人にも
永い永い沈黙がつづく

C

暗ぼったい居間に新聞だけがいやに白い
それを一通り見終わったこの家の青年は
火バシを手にとり灰文字を書き始める

暮の夜の炉辺である
向う隣りの家からしきりと歌声がやかましい
部落青年有志の忘年会は
酒がまわるにしたがって
…………歌声はイサマシクナル
部落の明日という将来が
総てこのように
…………………
総てこのように
……歌声はイサマシクナル
青年は灰文字を続けている
日本語か横文字か
読む意志ではMSAとも平和とも炭やきとでも読めよう
二〇Wのハダカ電球の下で
無言で灰文字を綴っている
不思議に彼には淋しさがない
理想に強く生きるもの
そんな凜々しい百姓ではないか

この居間の戸も無い続き部屋には
産毛の頭と白毛の頭と
一つの布団を孫と婆がかむっていた
おっ父は遠山で炭焼きをしながら
今夜も山の小屋に寝て起きて
師走の風と戦っていよう

「群星」十五号藤枝東文芸誌昭和二十五年三月発行
原文のまま二年在学

父と子

どうしても俺は父の子であるか
父の子であらねばならぬのか
どうしても父はわが家の主《あるじ》であるか

父はわが家の主であらねばならぬのか
どうしても家は大地をわがものとするか
自然はこの法則の支配を必要とするか

俺は父の子であり
俺の父
わが家は父が主であり
主の父
わが家の持つ大地があり
ここに大地を所有している
わが家の主である父が住み
俺は父の子

父は祖父から続く生涯と
とざされた村落の未明の中で
信じたものを信じてもいい
　人の心は頼りにならぬものだと

人の心は貧しいものだと
人の心は空しいものだと

俺はその系列の中で
父の子として愛され
父の子として育てられ
父の子として守られ
満たされなかった子供の頃の願いを
父は父の子で満たそうとした
俺を愛し
俺を育て
俺を守り
俺は父の子として在った

父は俺に生命をあたえ
父は家を支配し
家にまつわる大地をもった

父がよみがえり
家がよみがえり
自然がよみがえる
それがいつも悲しみとともにあるのだが

両脚に集まる重荷のよろめきを
爪先でふんばりながら
坂道をよじ登って
体から離落した時
激しい呼吸と疲労を大空にいやす
青い空はこの時の為にあり
かなえられない願いが雲に流れ
落葉した黒い樹枝がこの深みをだきしめる
自然はこの時にだけしか
俺によみがえってこない

父は父であっていいのだが
気ずいているのだろうか

地下足袋で築いた林道の
俺のきまずいあゆみと
ほんとうの土の臭いは
土砂崩の現場にしかないことを

父は気づいているのだろうか
野鳥のささやきと
野花の小さな開きを
父はほんとうに気づいているのだろうか

俺は父の子を離れられぬのか
俺は父の家を離れられぬのか
離れることが父と家の悲しみを生み
大地を背負う村落《むら》の悲しみが続くとても
熊をつき落した滝のような
瀑布にならねばならぬ
俺はそんな親熊から離された子熊も好きだ

一九五七年「民族詩人」創刊号

没落

きっと部落《むら》の開祖の誰れかは
追いつめられると　のがれ
そそりたつ岩肌に身をかがめて
小さな流域のとどのつまりまで
ぼくとそっくりそのまま
たどりつくと
住みひそんでしまっただろう
そんな先祖の誰れかは
ぼくとたいそうそっくりで
あるいは
いつのまにか母系をくぐって移入した
先祖の誰れかにそのまま似ている

山いもを掘りさぐる
野獣の不安が
ぼくをつつむと
屋根の下で生み落ちたことも
いくつもの血生ぐさい争いのたびに
栄えることを覚えて栄えた
大黒柱の太ったことも
ぼくは忘れん坊になっている
それもきっと先祖の誰れかは
ぼくにたいそうそっくりで
耕やす鍬と
草刈る鎌と
かち合うひびきのゆくえを
盲目の林で
森のこだまと信じただろう

そんな先祖の誰れかに

ぼくがたいそうそっくりなので
いつのまにか
ぼくは白い髭の先祖になった
とりはらった家敷跡に
雑草の根がはびこって
さびついている鎌と
腐ちた柄のまる歯になった鍬が
ほうり捨てられている
失った鋼のひびきにつまずき
倒れるように
象の死骸がしぼんでいるように座っている
湯たんぽをだきしめるが
おふくろのぬくみは宿っていない
手にとったガラスをのぞくと
それは昔風呂場にあった厚い鏡の
めしゃんこにくだけた一枚だった

いっぱいにぼくが写し出される

確かに先祖の誰れかに
どうしてもそっくりそのままなので
部落をきれぎれに写す鏡の風景を
もちろん信じたいのだ

一九五八年「民族詩人」三号

崩れ去らないように

崩れゆくべき大地が
おこたることを知らない樹木の呼吸で
崩れ去らないように

たった一人のぼくがあるために
洪水にのまれて
小さな活字で最後を告げた

たった一人のぼくがとどまるために
朝ぼくは仮病をつかえばいいのに
朝の光はぼくの空腹をうながし
母家の方から
台所のぼくの茶碗がさわぎ出し
昨日の汚れた野良着があわをふく
ぼくがいつまでもねむっていたところで
電話も無く過せる山のくらしは
昨日の続きを明日にひきつづける
暦の一枚めくられる日があるだけで
べつだん変ることもないだろうに
ぼくはしぶしぶベッドを離れる

崩れゆくべきぼくの身が
しぶしぶベッドを離れることで
崩れ去らないように

たった一人のぼくがあるために
父の後を継ぐ
ぼくの子供にとっての父として
半分だけ似てるぼくをとどめるために

昼　草刈ることをさぼって
秋の虫とうろつくことがあきたら
すすきの穂先に月の光がゆれるまで
ねむってしまってもかまわないのに
茂った雑草をとりはらって
幼い杉がせいせいと陽をあびたところで
世界の緑地は増えないだろうに
草は刈りくずされてゆく

夕飯時　父の方にむかって
あるべき姿について語ってもいいのに
ぼくはさっさとひきあげてしまう

一九五八年「民族詩人」四号

田舎者の街

しずんでいくように街で気づく
さぐるとポケットにお金がある
確かにおさめておいたものだし
あることでお酒を飲んでいるのだが
落ちていくように知らせる
いつの間にかポケットから放り出されて
どこかに消えてしまってもいいのに
お金がちゃんとある
そうそうぼくは今旅に出ようとしている
しきりとわが身をせめる風の中で
ポケットにおさまるお金のために
女給にめいわくをかけないのが

旅立ちの想い出を失ってしまうようで
請求されるだけ渡すとだらりと出る
ぼくのポケットにお金があることで
なぞめいた感じをいだきながら

すっかりだらけて　宣伝紙　メモきれ　タバコ
ああいけねえ　汚れたハンカチイフ　冬はま
いる　ズボン　ジャンバア　オオバア　ワイシ
ャツと　いくつも　びろびろ　ポケットだらけ
で　手をつっこんで　めんどくさくって　くる
ってしまう　百姓してると　幾日も　金なんぞ
と　面会することもないのに　いやになっちゃ
う　どこだっけ　親父にねだった奴は

ぼっそり立ちとどまって街で気づく
電話するとぼくの少女の声がひびく
久しぶりね　あいたいわ
ぼくだってもちろんそうなんで

つまずくようにこの時知らせる
ぼくの少女は
ちゃんとそこに居なくてもいいのに
外出中であってもかまわないのに
親しい声と約束してしまう
そんなにきちんとこなくってもいいのに
古本屋をのぞく雑用や
群衆の中にまぎれこんでもみたい
田舎者の外出はそんなものがたまって
約束なんか破ってもいいのに
ぼくは少女と一緒になる

こっちだって一ケ月ぶり　今度はあえるのいつ
か解らんのに　困るな　俺をまんまと裏切って
　活字をおっても　約束した時間をすぎて見え
んと　気がかりで　お財布なんか探さなくって
も　ハイヒイルだったら　友達のものでもつっ
かけておいでよ　もっとも俺の方がとんまで

場所を確かめておかなかったかな　全く　へん
てこなところで　俺は待つのか夕バコも　へん
に　さわがりをとめてくれず　にがい

民族詩人5　一九五九・三・一発行

ゴッホ・ゴーギャン

――下田光夫兄――

――光夫　今夜はお前の知ってる女の居るとこへ連れてけ
もう二人の酔はまわってる
――よしきた　よしきた清水だったらまかせておけ　ふん　ふん　太えさんも
ちょっとずつ偉くなってくる
と光夫はうれしそうにはずむ　バー〈おすみ〉に入る　何だ俺の女房と同じ
名前だ

――いらっしゃあい　まあおめずらしいミッチャン先生じゃあないの
――つまらんこと言ってはしゃぐじゃあない
光夫はにらみつける　けどやさしい
――入口を閉めろ今夜は他の客共を入れるじゃあない　金はたんまり山の奥から持ってきた
俺はいかにもお金を握っている振りをしてすます　山の奥とはいい形容だ
光夫らしい
――はいはいお連れの方どなたか紹介してよ
――ビイルだビイルだ
光夫はぐっといっぱい飲みこんで
――太えさんと言って　劇団「駄馬」の演出家だ　知らねえ奴はにせものだ
――へえ　嘘でしょ　うまいことばっか　このミッチャン先生言うこと調子だけよ　あなた　ほんとに芝居やるの
うむと少々とぼけて俺は
――君等も東京の新聞読んでさ　劇評位読んでみなさい
――東京だなんて　山の奥と言ったじゃない
――山の奥は別荘だ
――じゃあのミッチャン先生何してるの

――君等も東京の新聞読んでさ　新進劇作家の名前くらい覚えなさいよ
――まあギキョクカなのね　ミッチャン先生
おおこの娘《こ》は学があるわい　俺の方に寄りそって
――ねえ　あたしも劇団入れて
一人心で曰く〃ほらを吹いて世を渡れ〃一万円も飲んだらええだろう。俺は汗を出して稼ぐお金の貴さをしっているので　バーで費す金なんぞもったいなくて　こうゆうところで浪費した経験なんぞないのだ　光夫も俺も村の芝居をやめて四年　幻の劇団だけがいつも生きている田舎者だ　それでもおだてたり　おだてたり光夫の前に一五本もビイル壜を並べるお色気のさかなにいささか酔って
――またいらっしゃってよ　待ってるわよ
てこてん　てこてん　あるきながら車を拾って三保に飛ばす　光夫の六畳にああむいて俺は寝ころんでいる
〈太えさん俺はセンプーキを買ったぞう〉
〈太えさん俺はテレビを買ったぞう〉
〈太えさん俺はボウシだって十位《とう》あるぞ〉
〈太えさん俺は電気コタツだってある〉
〈太えさん俺はヨメッコももらったぞう〉

うんうん　思いきってはしゃげ
――光夫、レイゾーコはまだか
〈毎月三千円の積立中だ　山家《やまが》にいる時たあうまいもんも食えるやあ〉
〈太えさん俺らどう生きたらええだかせん　考えると死にたくなるな〉
〈なにか　やっきりしちゃうと思うやあ〉
〈ほうか　伊賀畑《いがばた》も沢のタカシも松つぁんのミツルも、キーボーも　ほおかパパになった
か〉
〈太えさんに会いたいっけやあ　うれしいやあ　だけん、やっきりしちゃうと思うやあ〉
〈曽我貞さんのじいさんも死んだのか〉

ぼくはつまり人間の役割は
何をなすべきかを考えると
ビタミンCを安く大衆に食べてもらうことに奉仕することにあると思う

だから俺はお茶をつくっている
だから俺はみかん園を開墾した
そこに千本の苗樹を植えた
それを育てないことには始まらない

蕗《ふき》をむしる唄

三男だった光夫は村を追われた
それから四年造船と海と温室の三保で
青果集荷所でおかみさんちと働いた

〈トマトをつつんで東京へ送った〉
〈キューリをつつんで東京へ送った〉
〈ピーマンをつつんで東京へ送った〉
〈枝豆をつつんで東京へ送った〉
〈インゲンをつつんで東京へ送った〉
〈イチゴをつつんで東京へ送った〉
〈ドラマをつつんで東京へ贈った〉

一九六六年作未発表

夕暮れ　泥んこの雨合羽をすてて
ぐしゃついた躰がとどまった
谷沢の湿っぽい砂地
蕗をむしる
蕗をむしる
蕗をほんとうにむしっている
ゆっくり
蕗をむしっている
その放つにがみにつつまれていると
ぼそついた
ぼっそりしている独りの手仕事が
好きになれた

蕗をむしる
沢山の蕗はむしらないが
蕗をむしる
もえる緑葉の中で
蕗をむしる

つめたい沢の水が流れている側で
蕗をむしっているようだ

地下足袋がぬれていることも
躰がぬれていることも

ずぼんが泥になっていることも
雨の中で筍《たけのこ》を掘ったあとだということも
すべて忘れて独りのぼくが好きになれた
ぼくは生まれてずっとぼくをいじめ通した
だから一度くらい僕を好きになってあげたいと思った

蕗をむしる
蕗のにがい臭いが好きになった
きょう蕗をむしりました
きょうのことをねむりの中で綴っている

海が　見える
海が　見える

三十キロも離れた
海が　見える
ぼやっとしているけど
うみ
海の方をずっと見ている
海の見える山に苗樹を背負って
おさない杉苗を植えている
いっしんに土を掘っている

杉を植えている時は
お尻に海を眺めてもらう
海にはすまないと思いながら
仕事が忙しいので
お尻で見ていてごめんない
海

何年かたったら
海　お前

深い緑の色をみせてあげるから
お尻をむけてごめん

きのうのことを
きのうの夜も
海が見える　とねむりの中で綴っている

一九五九年村の地下茎創刊号を改作

土の死

土のやさしさが
果実の味を教えてくれる
土の腐植の臭いが
畑にひきずっていく
そしてやわらかな土の湿りでしか

人々の胃袋を満たすものはないはずだ

土のにごりがそのまゝぼくの心
よごれた心にふさわしいように
土でしか化粧する術を知らない

なぜそこを掘り続けるのか
赤土があるから
なぜ怒りが　よみがえってこないのか
土が洪水のように流れないから

土を握っている
ぼくはそこにたたずんでいる
握りたくても握るべき土のない
他人の土に血をはいている
汗をこぼす民があり
ぼくの内に飢えていく
花の咲かない土がある

この国の農政に
未墾地取得資金制度が生れ
死んだ土が幻の中で蘇生していく
未墾土地取得資金制度が生れた

ある朝こんなノートが実にくだらない奴に思えた
ある朝この部落で男が死んだ

ある朝賢治という奴が死んだ
賢治はただひたすらに詩が書けた

いったいそこに一篇の吟味に足りる詩があるかと問いてえいとこの
男を殺さねばならなかった
俺は俺の神を殺した後で
三十一才の俺とくらべた
俺のおびただしくたらした精液の代償に
禁欲の神様はおびただしい「童話」を生んだ

俺はノートの前でねむっていたのだ
おかげで俺の密柑が少し太っていた

ある朝この部落で一人の働き通した男が死んだ
中学生の息子を残した
この男は炭焼をするかしいたけの栽培をするか
しいたけを選んだのだ
と俺に語ったことがある
他人はしいたけで銭をつくったのでねたんだ

俺は家の外をほっつきあるいた
俺も賢治を殺していたので
熱いものがたぎらぬ男になっていた
一人の親しい男に出あった
〈やっこさん　おしまいだってな〉
〈銭欲をかいて死欲をかいた見本だ〉
〈しいたけの夜業乾燥か〉

〈昼夜働いてつぶれたさ　躰がもたん〉
俺も親しい男も笑った
こんな笑いを土が呑んだ
山や空や樹はずっと呑んできたのだ

この死んだ五〇に近い男にいんねんをつけられたことがあった
この部落に肥料屋が酒と一諸に連れてきた
微量要素葉面散布剤の宣伝にきた社長が
九州みかんは一キロ三〇円で採算がとれる
と言ったので頭にきたので
近藤康男――↓阪本楠彦につながる
農産物価格支持論を頭につっ込んで
じめじめしめつけてやってたら
眼には眼をの論法にけちをつけて
この死んだ男が俺の方に矢をむけてきた
〈お前みたいな銀飯で育った奴は……〉
確かに確かに俺は温い飯で育ったらしい
〈麦飯も食ったか食わずに働き稼いだ俺は〉

あくざもくざとたたかれて
農業経済学者の本はやぶにらみで通すことにした
いんねんを持った男が死んだ

雁

いつまでも九州の空を飛翔してやまぬ雁
〈▲▲は詩人にまかせるべきです〉
その一行のリフレーンが
俺にへたな詩を書かせるのだ
そのあかつきの
山男の高笑いを
三年寝太の野郎のようにほしいのだ
だから俺は
とてつもなく穏やかな紳士なのだ
密柑を植える　杉を植える
おっしゃるように
あゝなんと言う〈保守主義〉者です

ライフル少年俺が続く

この朝一人の働き通した男が死んだ
俺の死の彷徨《さまよい》は
胸板のきしむ痛みをとりはらいたい
躰がかるくなりたい
なめてもなめてもいからぬむすこ
睾丸を切断したい衝動に躰をこがす季を渡ってきた

賢治を殺した
雁が飛翔している
土は死んでいる
山の男は死んだのだ

一九六七年「土」改作

――黒田喜夫兄――

東京のどまん中で
ライフル銃を乱射したお前は
今日も牢に閉じ込められているか
むしょうに俺はおまえの
深い深いおよびもつかぬ死の羨望に
近づいてゆこうと
密柑山の草を刈り続けてきた

お前はまあなんと俺の羨望してやまぬ
産声を
その牢でうめいていた
〈ぼくを死刑にして下さい〉
〈ぼくがもし生きていたら再び銃をかまえるでしょう〉
〈ぼくは銃の魅力にとりつかれている〉
〈ご迷惑をかけてはいけないという不安が〉
〈ぼくを死刑にして下さい〉
こんな産声を吐き続けている

牢のうめきを俺は知っている

俺の詩にとりつかれている魅力は
お前のライフルにおよびもつかぬ
その前でお前に羨望し続けた
詩と死の重みの比重で
俺は恥じて
せめてライフルにふるえる指を
俺の詩を書く指にほしいと念じた

真夏の真昼の炎天下の密柑園の草の中で
躰が饐《す》えた臭いがした
饐えた躰から
老いた鐘のようにひびく
美しい言葉が湧いて……
とてもとても
ライフル銃の乱射音ほどに
東京のどまん中の人間の

内部にくすがらぬのだ

だからせめてと
真昼の真夏の炎天下の密柑園の草の中で
やがて黄金の
熟れた
みずみずしいみかんに
ライフルの弾丸をつめて
東京のどまん中に届けねばならぬと思って
密柑を育てた

俺のみかん玉は今年
二〇万個になった
俺の詩を読む俺の友達の
みかんの玉は
いくつか知らぬ

だがやがて

詩のようにみずみずしいみかんを
百万個も
二百万個も
一千万に達するまで
東京のどまん中に乱射せねばならぬ

誰れがこの黄金弾丸と死闘せねばならぬか

五反百姓の次三男
炭焼のお父の娘
故郷を追い出された男
出かせぎ農民

お前達は
誰れよりも
ライフル銃の弾丸入りの
みずみずしい
みかんをほおばるのだ

ライフル少年
お前に俺は続こうと
牢の深い絶望を
一千万語の
みずみずしい言葉に置きかえなければならぬ
一千万個のみかん玉を
同志たちとつくって
東京のどまん中へ

一九六八年一月作

熊にほっぺをなめられた

山に住んでいる男は熊が出てくると自分が食べられるのではないかと心細かった。けど山の中へ仕事に行かなければ生活が困る、だから熊が出てきたらどうしようかと、毎日いつも考えていた。そしていつ考えても、山の中から熊が出てきたら、死んだふりをすれば食べられないですむ、だから死んだまねをすればいいという考えが、山の男の熊の出た時の考えだった。
そんなことを何年も何年も考え続け、何年も何年も「死んだまね」が結論になって重ねて暮したから「死んだまねごと」「死んだそぶり」をさせたら山の男は名人になっていた。誰にも負けないと思った。

ある日山の中から熊が出てきた。
山の男はとっさにその場でさっと倒れ、死んだまねごとをした。
熊はのしのし男の側に歩いてきた。
熊が男の耳をなめた。
男は熊の舌がざらざらしてるなと思った。
やっとでくすぐったいのをこらえた。
熊が男のほっぺをなめた。
恐ろしいキスだと思った。
やっとでくすぐったいのをこらえた。
熊が男の心臓をなめた。
その間だけ心臓を止めた。
心臓がとまった時はくすぐったくなかった。

熊が男のおへそをなめた。
おかしかったけど歯をくいしばったら奥歯がくたばった。
熊が男の目をなめてすすった。
涙だけはいっぱい熊にすわれた。
こらえていた悲しみが全部なくなった。
熊は男の手をなめた。
その間だけ死人のように手を冷たくした。
冷汗でびっしょり躰がぬれた。
熊は躰じゅうの汗をなめた。
熊が塩っぱい顔をした。
塩っぱい塩っぱい顔をして熊は逃げた。
死んだふりをしていたので熊は山の男のほっぺを食べなかった。

カラスと川原木《きぼっくし》

カラスというのは黒いカラスです。

川原木《かわらぎ》というのは川原のずっと奥の森から流れてきた木ぼっくしです。黒い樹の根や木端《こっぱ》です。

その日も夕暮れになりました。いっものように百姓の太一《たいち》と黒一《くろいち》はその日使った鍬を洗いに川原に来ました。

「土を全部洗い落さないと、土は鉄をたべてしまうからな」

黒一はそう言って、いっしんに鍬を洗っていました。

太一は今日も黒さんのいつもの独り言がはじまった、と思って煙草《たばこ》をいっぷくすって、煙を風にあげようとぷうっと流した。

その時川原のむこうに黒いものが空から舞い降りて石ころの上に落ちたように見えた。

太一は黒一にからかい半分話しかけた。

「黒さんやい、あのずっとむこうの石ころの中に黒いものが見えるだろう、あれはなんだろう?」

黒一は鍬を洗う手を休めて太一の指さす方をじっと眼をすえました。

黒一はやがて答えました。

「あれは川原木《きぼつくし》だ」

太一は高笑いをしました。その笑う口があまり大きくて川に流れている水を全部飲《の》んだように川面に映りました。それから太一は、

「黒さん、カラスだぜ」

と言いました。

「川原木《きぼつくし》だ」

黒一は太一にそう言い返した。その黒一の目んくり玉がぎろっと流れている水面に光りました。

「川原木だ」

また川にきらりと目が光った。

「カラスだ」

「川原木だ」

鍬を洗うのも忘れて二人は言い争った。

そのうちにその黒いものが空にすっと舞いのぼって翔《と》んだ。

太一はどうだと手と手を握ったままぶっつけて
「やっぱりカラスだろう」

と自信たっぷり言い切った。

黒一は負けてはいなかった。

「舞《ま》っても翔《と》んでも川原木《きぼっくし》だ、川原木だって舞い翔ぶ」黒一はついぞカラスだったとは言はなかった。

太一は黒一と話をしたところで〈おけつに目薬〉だと思って黒さん馬になんと念仏をとなえてもだめだと考えた。

やがて後に黒一は立派な百姓になった。

『わが風土圏』（一九七二年五月）

土着と肉感

おれの内部のアンテナが吸収する
闇のなかの電波を
いまむしょうに解いてみたいのだが
解けそうに思える
おぼろげなものは
自分の土着感というようなものか
もしくは肉感というようなもの

時たま反応の振幅が強くなる
その暗示している地域をさぐると

北方は赤石岳で

主稜線をなす分水または分水線が
天龍川と大井川に南下する
その水系の中央部で横線をひっぱる
地域
つまり赤石岳・佐久間ダム・川根茶産地
それらを各辺として結ぶ
この三角形をなす山岳山村地帯

しかし感度は多く村落圏であるのだ
そのしがみついている地域とは
ぼくの生まれた時からの住家から
一キロばかり北上する
滝の谷の山頂笠張山
その東西二、三百メートルの
稜線の鞍部を二点として
大樽沢と尻高沢にそそぐ

地下にしみる水系がある
その大樽沢と尻高沢が
おれの家の横で落合っている
この逆三角形をなす植林地帯
しがみついているのか
しがみついてくるのか
払拭できぬ生活圏

あるいは感度というのは肉感にもある
とおぼろげに映る
いつもの婦と性に溺れた闇の
闇の連続のなかのぼくのアンテナに
掌に入るだけの
逆三角形をなす湿潤な森がうごめいている
この決っている婦のそれに
渇いていた理性が
水系を増水させながら
性《さが》・泥の渦となる中年の中流

これら決して河口にまで南下することのない
陰湿な三角形をなす地帯と
殆んど接する位置で
おれが棲息しているがゆえに
おれの闇のなかのアンテナもまた
この地域をまさぐっているのだ

おれはおれのお嫁さんをもらいに
火防の神として信仰される
秋葉神社の宮司を訪ねることにした
〈大井川までは提燈がいる〉
〈路に迷ったら日が暮れるぞ〉
四時起きで家を出た
かって父祖たちが
秋葉参りした路をたどって
秋葉山をめざした

参道の安宿に着いた頃
あたりはとっぷり暮れていた
〈あしたはお見合がある〉
そんな準備がゆっくりできてきた

その時火事だ！　と声がした
秋葉神社の社殿が燃える
拝殿を囲む大樹が燃える
燃える燃える
燃え落ちてしまったので
おれはすぐ見舞った
宮司夫妻とその娘は
不思議と燃え残った拝殿の
イロリに炭火を燃して
おれを待っていた
変なお見合いをした

娘は十五であった

彼女は生後間もない赤児を抱いていた
〈どなたの赤ちゃんですか〉
両親はうつむいた
うつむいていた娘が
〈わたしの子供なんです〉
〈太っている生後……〉
〈九〇日です〉
〈四キログラムぐらいあるでしょう〉
〈六キログラムです〉

堕胎することも出来たろうに
弟妹であると言ってもいいのに
秋葉神社も燃え落ちてしまったのに

おれはしきりと
この娘をお嫁さんにほしいと
私生児の父親になりたいと思った

森林列島

離れている
おれの呼吸している場所から
わが村落まで
小さな湾入ぐらいはあるらしく
潮の臭いが解る

躰がいくぶん浮いているので
議論の渦中にめざめている
弓形の長いテーブル
そこに集っているのは
「郷土研究クラブ」に属した
二十人ばかりの戦後世代だった

今しゃべっているのは
弓のテーブルの末席にいる
大学生風の青年だった
彼の話の軸は「沖縄」であった
沖縄のように離れているな
沖縄の声を
弓の頭に近い位置にいる
おれは
東北地方で聞いているように感じた
今度は先端の席にいる先輩が
しゃべりはじめた
先輩は焼け野原の少年期の話をした
北海道の方の声が
おれには解ったような気がした

やがておれがしゃべった
「山彦学校」の頃を話はじめる
と変だ

おれは木村迪男[注一]になったような気がして
口をもがいてももがいても
発声機能を失っていく
正常な能力が抜けていくのだ

どれ程の時が経たのか
誰れかがおれの肩をたたく
覗くと「沖縄」であった
〈木村迪男は解りました〉
〈……〉
〈しかし太衛さんは解りません〉
〈人参がなくなったのです〉
〈人参が？……〉
〈馬の欲しがっていた沖縄のような〉
〈唄ですか〉
〈泥のついた人参が〉
〈ぼく人参を持っています〉
〈うん沖縄があるな〉

〈これです〉

示されたものは綴りものだった
資料だなと思ってめくると
静岡県志太郡瀬戸谷村
ミチューリン会発行
発足のしおり
伐採人夫各自ニ米塩鍋釜ヨ負ハシメ
深谷無人ノ地ニ行キテ
杣職及日雇人夫ノ仮小屋ヲ造設ス
飲水ノ汲取ニ便ナル地
山崩谷抜等ノ患ナキ場所
屋根及壁ハ茅或ハ杉ノ樹皮ヲ用イテ修治シ
前後ニ入口アリ
中通リ巾三尺ノ地ヲ区画シテ囲炉トシ
飯ヲ炊キ　湯ヲ沸シ　炉ヲ隔テ
両偏ニ莚壱枚ヲ展テ己レノ席ト定ム
寝ルニハ炉ノ方ヲ枕トシ

壁ニ寄セテ行李ノ類ヲ置ク
山ノ険難ナルヲ以テ
米ハ半俵塩噌ハ七八貫目宛ヲ限リ
大低背負ニテ持運ブナリ
杣頭ハ一切ノ事ヲ能ク熟練セルヲ以テ
毎夕杣職ヲ一人ゴトニ呼寄セ
本日ノ材木ノ出来上リヲ聞取リ
看板ニ記シ伐木主ニ差出スナリ
木ヲ伐ルニ木ノ大小ニ従ヒ
三方或ハ五方ヨリ根上ヲ斧ニテ中心迄伐込ミ
鼎足ノ如クナラシムルヲ法トシ元伐ト称ス
伐倒シ末ヲ伐去リタル丸太ヲ玉木
何寸角ニ木作ルベキヤ墨縄ヲ打試ルヲ綱打
木材ヲ嶮阻絶壁ヨリ直ニ狩落ス時ハ
衝析胴打等ノ患アリ
此ノ如キ場所ニテハ麻縄ヲ用イテ釣木トシ
縄ヲ立樹ニ巻付ルヲ取リ木
徐ニ緩メ下ロシ

木材ノ損傷ニ注意スルコト知ル可シ
木材ノ損傷ニ注意スルコト　　（注二）

〈お宅は山林所有者でしょう〉
〈山林労務者の死亡事故は〉
沖縄の問が続いた
××県××万町歩年間事故死××人
〈お宅は確率年間四〇〇分の一です〉
〈お宅の山林でも四〇〇年間に一人の死〉
〈死があるのです〉

注一　山形県上山市在住の農民詩人
注二　「木曽の伐木法」（明治11年）より再構成した。
〔日本科学技術史大系二十二　農学Ⅰ〕

黒い三角形

きまって三角形の黒い山から
俺は誰れかに石を投げられている
一瀉千里のごとくただ
山の麓を疾走し続けていく
がつぎつぎと別な三角形をした山があって
石が投げられてくる
ふと俺の羽織っている白いマントが目印だと
走りながら気ずく
それが目障りであったのだ
脱ぎ捨てて逃亡を続ける
石の追跡がやっと止った
逃げながらふり返ると
捨てたマントに石が降っていた
それでも安心がつかぬ
潜ってゆく

うなぎの寝床のような
せまい穴で息を殺し続けるが
肺に砂のようなものがこびりついてくる

いつからか黒い三角形の連山は
さびれてゆくボタ山の風景になって定着した
石炭屑を投げてくるのは
炭坑失業者の群だ
俺は白い布を羽織っている
のがれようとそれを捨てて
崩れ落ちそうな廃坑に
潜ってゆく
潜っていると鼻の粘膜がひりひり痛む

仕事帰り街の居酒屋で
山の男に飲ませるために
晩夏の夕暮れの雑踏を歩いていた
山の男はラバウルの生き残りの

元日本人兵士だった
勤め帰りの娘達が大勢いた
街はきらきら舞うように動いていると思った
男が吐いた
〈どの女も持っている〉
〈何を？〉
〈女の道具をさ〉
男が唾を呑んだ
男は酒を飲んだ
〈なあ昔カフェーがあって〉
〈もてたことがあるのか〉
〈小豆が足りん頃で〉
〈兵隊前の十七、八の頃だな〉
〈小豆をこっそり家から運んでうまくやった〉
男はまた酒を飲んだ
〈昔の女郎屋はこんな衝立《ついたて》だけだっけ〉
〈大部屋か　それは初耳だ〉
〈むこうの野郎が始めるのがうまく解ってな〉

〈こっちも始めたのか〉
〈気楽にできていたっけだ〉

街で黒い三角形の山が
しきりと女達の森の部分を連想させた
酒に唾が混じって一息で飲む
そこに俺はいつも逃亡していく
俺の白い精虫どもがいつも
潜ってゆく
子宮の内膜の方へ方へ
侵入してゆく

しかししかしだ
そうゆう風に逃亡ばかりしていないはずだと
ボタ山や女があらわれて
ある日消えた
矢のような黒い弾丸
一九六八メキシコオリンピック陸上二百米表彰台

ブラックパワー
そのにぎりこぶしは
黒い三角形だ
俺は彼等を村から追放するとは何ごとだと
長い時間を費して
怒りを射精した

潜ってゆく
白い精虫をみつめていると
女の生殖器から黒い指が
一本二本と生れてくる
おおそれは黒人の掌だ
その掌はにぎりつぶしている
何億という白い精虫どもを！

躰に草が生える

雨が落ちてくるのを
蛙がきづくように
真夏から初秋にかけて雨が降ると
おれの親爺の植林地には
草が繁茂していることを
習性のように感ずる
すすきの波が大きなうねりとなり
あちこちの山の幼い杉にかぶさっている
草の海に沈んでいる葉枝が
日光不足で枯死していくのは
耐えられぬことだろうと思うのだ
杉が確かな年輪を刻んでゆく核を
おれ、独りの労力ではつくりだせぬ
夏茶が終って一息入れる間もなく
十年来仕事をしている近所衆に

〈今年も頼む、雨でも降ったら頼む〉
と無理算段にすがるのも
山草の波がざわめいて困るからだ
お　れ　は　そ　ん　な
海のような草のある家に生まれ落ちていた
祖父の刈った草が杉の幹になり
その杉の幹を食べて育ったことは
ずっと後になって理解した

ある朝雨が降っているのを蒲団の中で知った
今日は草刈りに皆んなが来てくれると思った
〈雨降りじゃあ、野良仕事も出来ん〉
〈たえさん、下草刈りに来たぞ〉
〈どうもご苦労さん　どうも〉
人足衆の顔がだんだん揃った
おれは農具部屋に行って
用意してある鎌を出してくると
鎌は確かに柄のついたままあるのだが

刃がどれもこれも鋸のように欠けている
〈これじゃあ草が刈れぬぞ〉
〈去年は鎌をどうして片づけたっけ〉
〈三日月のような刃に研いでおいたが……〉
おれは困ったがすぐ
親爺が森林組合から買っておいた
新しい鎌の包みを解いてみた
おやっ！
新品の五丁が五丁とも
鋼の光った部分が
ぼろぼろに腐っている
鎌が一丁も使いものにならん

砥石を確かめると
古新聞の包みのなかの新品でさえ
生石灰が分解したように風化している
金剛砥も鉄粉と砂に分離しているのだ
おれの躰に草の波がどさっときた

難破した漁船の漁師のように
山の男は溺れ死んでゆくのだと思った

躰がもぞもぞしてかゆくなった時だ
〈たえさんの躰に草が生えてきたぞ〉
善一君が叫んでいる
〈躰じゅう草だ草の躰だ、どうする〉
市郎さんがばたばたあわてている
〈若親方に生えてる草刈りに決っている〉
真一さんが命令している
〈刃物はどうする、鎌は使えないぞ〉
三郎さんがおろおろたずねている
〈剃刀だ、剃刀だ〉
清君がおれを風呂場にかついでいって
躰じゅうに粉石鹸を尿素肥料のようにふった
人足衆が手わけで躰の草を剃ってくれる
おれは少しずつ正気にもどってきた
〈たえの躰に草の種がつまってただよう〉

おふくろがぼろぼろ泪を落としている
〈肥《こやし》が沢山《たんと》あって大《いか》きくなっただもの〉
人足衆がそう言った

〈血管を切られると困るよお〉
女房が側でおどおどして心配している
〈十年もだてに草を刈っていねえ！〉
人足衆が剃刀を持ったまま言った
〈おれの横っ腹に鋸を入れてもええぞ〉
おれは叫んだ
すると人足衆が
〈まだまだ鋸で倒す程の一人前の樹じゃあない〉

土とふるさとの文学全集14『大地にうたう』
（昭和52年2月・家の光協会刊）
初掲誌一九七〇年『駄馬』

眼球喪失

眼はものを見る働きをするという
眼はものごとをみわける役割をするという
眼は口ほどに物を言うという
眼は皿のようにして目配りするものだという
眼は肥えるものだそうだ
眼は据っているものだそうだ
親爺はおれの眼の黒いうちは
としきりに言う

盲とは眼のみえぬめくらのことだという
盲とは道理のわからぬことを言うという
盲とは正・不正の判断ができぬことだという
めくらに提燈は無用だそうだ
親爺はめくら蛇におそれず
としきりに言う

ずっと昔
熟したまなざしで眺める少女と
よくレストランに入った
〈なに食べようか〉
〈あたしなんでもいい〉
〈めだまにするか〉
〈うん　フウフフ〉
〈……〉
〈いつもめだまばっかり……〉
目玉焼きがテーブルに運ばれてくる
〈今日のめだまビッコだな〉
〈コックさんあわてたのよ〉
〈……〉
〈なに見てるの、食べないで〉
〈にらめっこだ〉
〈お皿の上と……〉
〈……〉

〈決ってるわよ〉
〈なにが〉
〈めだまのウインク笑うわけないもの〉
〈負けないさ〉
〈どうして〉
〈めだまを食ってやるもの〉

おれは百姓のおっさんになってから
たまに食堂に入る
〈めだまをくれ〉
〈お客さんハムエッグでいいですか〉
〈めだまだめだまだ〉
〈はいはい〉
食卓のめだまをみつめながらつぶやく
おれは盲になりつつある

このごろ夕暮れになると目が眩む
夜盲症のように

視界がかすんでくる
眠りに落ちると眼球を失った夢にうなされる
眼孔にただれた網膜が残っているのか
ぼやっとした視界を努力してあるいていく
鶏卵を探しにゆく
頭骨前面にあるおれの眼球の穴に
すっぽりと三本の指が入るのを確かめると
生卵を割って眼窩にすべりこませる
両眼で二個だ
するとどうだ見えるのだ

暗闇が少し見えてくると
むしょうに酒を飲みたくなる
酒屋には仲間がきている
肉眼がないというひけめを抱いて酒を飲む
酔眼朦朧としてくる
生卵の義眼が腐敗していく兆候なのだ
仲間の眼をかすめて

おでんの湯気のむこうにいく
〈おばさん生みたての卵を二個くれ〉
ひそひそ声でねだる
〈はいよ〉
大声を出すな仲間にしれる
おれは半熟になりかけた眼の卵を
誰れにも気付かぬように両眼から抜く
新鮮な卵を二個割る

ふたたび盗見をしながらテーブルの隅で
酒をあおる
白味が体温で濁り始める頃
仲間が酔いの勢いでおれに絡んでくる
〈太衛　お前は何か隠しているな〉
〈なんのことだ〉
〈てめえの眼の色を見ると解るぞ〉
おれはハッと黄卵のめだまを
みやぶられたのかと

〈眼は正直だぞ〉
仲間は黒い目玉で追打ちをかけてくる
視野が定かでない
まさに沈湎の態なのだ
誰かの声がする
〈太衛の顔がめだま焼きの皿になった〉
〈ハッハハハ〉
〈食っちまうか〉
〈食ってもええさ〉

土民と幼果

林道にそって家路を急げばいいのに
山峡にさしかかる部落の入口から
脇道を登った　道と言っても岩の崖であった

目標は隣村との分水嶺の地点
三角点までの実地踏査だ
それはおれの何度となく試みている
夢の中のあてもない旅
妄執な領土への偵察

密柑の樹が岩土の上に繁っている
これは変だ
柑橘北限地帯のはずだ
年平均気温C＋十五度以下のはずだ
それに肥沃な土壌はない
それでもおれは密柑の樹に囲まれている
と思ったら突如
おれは完全に包囲された
夥しい矮小な土民の群だ
怯えながら覗くと
貌の皮膚に乳色の痣があった
黒色の小さな斑点もある

鼻ばかりいくつも隆起している

おれを相変わらず目掛けている
土民の群のざわめき
怒り狙う闘争の姿勢
おれは逃げようとして
谷底へ体を落下させた
下降の状態で目が醒める

醒めてからおれの集落の近くに
土民の居住地があると信じて
親爺に話すとあっけなく
〈それはお前の例の妄想病だ〉
おれは証拠だてようと身辺を探したが
それを証明するものが無いことに気づき
足の裏をひっくり返して地図形にした
水にひたってふやけた皮膚の
山脈と谷を覗くが

あの夥しい土民の居住できる平原はない
おれがしょぼしょぼしていると
親爺が心配して続けて言う
〈それはお前の幻視だ　病院に行くか〉
土民の群のざわめきはまだ続くが
それが幻聴であることを
おれは納得できないまま
現実にもがくように戻ろうとする

そこにわが農場の農夫であるK君が
密柑山から籠を肩に掛けて帰ってきた
おれはにわかに勇気づいて
〈おい密柑山に変な人種が居たっけら〉
〈お　お?〉
〈籠に入っているのは土産だな〉
おれは親爺に勝ち誇れる自信が湧いて
籠を覗いた

覗くとそれは
摘果してきた密柑の幼果だった
K君は虫眼鏡で幼果を調べながら
〈雨で瘡痂病がついたぞ〉
疣密柑というやつだ
〈黒点病が発生しているぞ〉
雀斑みたいな黒い斑点だ
〈サビダニの防除適期だな〉
黄色い密柑に痣ができる
〈病害虫の防除と摘果を急がんと〉
K君に続いて親爺が口を入れた
〈銭にゃあならんぞ!〉

おれは幻視と幻聴の迷妄の世界で
売物にならぬ密柑が気になる
商品にならぬ密柑が気になる
半覚半睡のまま
萎縮した土民の群と

病害虫に犯された幼果が
再び判別出来なくなってゆく

廃道

栗の実の稔りの季節
奥山をあてもなくあるく
雑木林のなかを抜けてあるく
熊笹をかきわけてあるく
背の高い裏白を潜ってあるく
地肌を這うように
あるき続けていると
眼前にこぼれ陽に光る葉群をみつけた
四つんばいのまま天空を探した　顔をそむけると
山腹に筋となって

陽の落ちている空間があった
これは何かの道しろだ
直感で獣道でないことは解る
人間の刻んだ足跡の気配がにおうのだ
だがこんな奥山に
人間はたどって来ないはずだ
おれは何かが落葉を踏みしめた跡を
筋のように
陽の落ちている方向にあるき出した
廃道だ
そう決めつけると親しさが湧いた
道は山の中腹をほぼ等高線に横切っている

親しいなどと縁起でもないが
落人・ライ病患者・発狂精神病者・ゲリラ兵
こうして隠れ道をつくって交流をなした
何か身にせまるものを感じながら
廃道をたどってゆく

しばらくあるいた頃
腐蝕しているわらじを拾う
こんな道すがら誰れかに逢えるだろうか
ふと心落ちつかぬ
喉が渇いた頃
ちょろちょろと清水が岩間を流れている
小沢に出ていっぷくする
廃道はこの谷から絶えているのか
獣を追う犬のようにつながる隠れ道を探すと
腐ちた竹樋が岩の間にはさまってある
廃道はつづいているのだ
岩にすべる水を唇ですすって景気づけ
この鉢巻き廃道をたどってゆく
かなりあるいた頃だ
廃道の周辺に
ぽっかりと樹木のない空間がある
土が盛りあがっている

平たい自然石が一枚座ってある
輪切りにした竹筒が地面にさし込んである
椿の枝折れが差してある
仏の香花が生けてある
誰が野垂れ死んだのだ
それにしてもまた誰が葬ったのだ
それにしても
それにしても
誰が花を生けてあるいているのだ
おれはそこにしゃがみ込んで
問いていると疲れが出てきた
腹も空いてきた
あけびや栗を探すことは面倒
山芋を掘る力とてない
おれも隠して生きているのだと思った
おれも数年前百日に満たぬ児を亡くせたと思った
おれはその粗末な墓石を枕にして
土盛りの上にごろりと横になって眠った

みすぼらしい中華料理屋らしきすだれをくぐる
〈ラーメン大盛りで頼む〉
出てきた婦に言った
器に細長いものが盛ってあった
喰う
〈なんだ蕗やらぜんまいやらわらびじゃないか〉
〈他に喰うものはないよ〉
おれはかつて廃道をあるきつづけていた記憶がよみがえった
あの頃は栗が稔っていた
わらびの季節までか
婦の腰に両手をしがみつけて
幼ない子供がものめずらしそうにおれを覗く
〈おじさんにだっこするか〉
〈イヤおヒゲがイヤ〉
おれは頬をなでる
髭がもしゃもしゃ
意識を失ったままかなりの月日が過ぎ去っていた

〈この児はいくつ〉
とおれ
〈五つか六つにもなったか　なモリコ〉
と婦
〈モリコ知らない〉
おれが数年前失った子供の名前もモリコだった
〈お前さんの子供でないのか〉
〈わたしの亭主はこっちがだめ〉
婦はおれの男根を握ったままそう言った
おれはそのまま握らせておくと
婦がなぜか親しかった
〈モリコと言ったナ　どこからさずいた〉
〈拾った〉
おれは婦の乳房にだけ掌を入れていた
そこに突然男が弓矢を持って帰ってきた
ニヤリとうす気味悪い笑いを残して奥に消えた
男の病んでいる病いがおれに解った
〈山の奥に隠してもだめだ……入院させて治せ〉

〈なにもかもしてみたけど快癒できない〉
〈狩猟生活か、しかしそれも期待できないのか〉
婦はうなずくようにおれの方に寄りそってきて
いつまでも生きている男根を離さなかった

病の地

援農のために
ぼくらはトラックの荷台に乗って
高地の村から退出した
トラックは加速度を増して
落ちるようなスピードで
低地へ低地へと南下した
隣村はいつの間にか通過して
多雨低湿地帯がひろがった

トラックは一直線に下降する道路を
援農班を乗せて急いだ
そこに土壌の断面が層をなくしている
小高い台地が見えた
おれは同乗している案内人に大声でたずねた
彼はこの地方の農業改良普及員だった
〈あの台地はなんだね〉
〈作物が育たない土地です〉
〈泥炭層かそれともシラス土壌の台地か〉
〈まさかここは北海道でも南九州でもないし〉
〈どこだいこの地方は〉
〈東海道じゃあないか〉
〈じゃあ大企業進出予定地だな〉
〈休遊地だと言いたいでしょうが〉
〈なんだ〉
と問いて後方になった台地をみた
〈全く作物が育たない土地です〉
とさっきと同じ返答をする

〈酸性土壌かね〉
〈と言うより土壌粒子がこまかい……〉
〈土性か粘土みたいな〉
〈粘土でも膠着状粘土で降雨があると……〉
〈水はけが悪いんだな〉
〈排水不良で水質たるや〉
〈鉄けがさしているわけですか〉
〈もっとひどい工場廃液なみの悪水で……〉
〈その毒水になる原因はなんですか〉
〈学者が研究しても解明できない現状で……〉
〈この地方の人はあの台地のことを俗にどう言ってるの〉
〈病地《やまいち》……つまり大地の病だと……〉
〈おたまじゃくしも棲めん訳だ〉
〈見たとうり……雑草一本生えてません〉
〈もったいない〉
〈土地のない小百姓でさえ手づけずです〉
〈台地の面積はだいぶあるな〉
〈五ヘクタールです〉

そんな会話の間にトラックはひたはしった
病地の流域は早苗の育ちが悪かった
病地はほぼ楕円形をなしていると記憶した
病地は楕円形にまちがいない

援農かとつぶやいておれは
久しぶりに晴ればれとした気分にひたった
おれを普及員が案内した農家には
老いた婦がいた
おれの戦後だった幼年の頃のおふくろが
田の草取りから這い出して老いていたように
おふくろの格好に婦が似ていると思った
〈何んにもならんけど田植えの手伝いにきたよ〉
婦はきょとんとしておれを覗いた
〈正夫生きて還ってきたのか〉
婦は土間にどさっと坐った
おれは正夫でなくて太衛だが
〈生きていたさ死んでたまるか〉

〈だけん困るよう……お前の戦死した遺族のサガリ金は……〉
婦はうなだれたおれはやさしく
〈かあさん田植えを手伝わせてくれ〉
何を思ったのか立ちあがると納戸に消えた
もぐさと線香の入った箱を持ち出してきて
〈さあ正夫ぞんぶん植えておくれ〉
婦は野良衣をぬいで上半身裸になる
おれはちらっと垂れた乳房も
おふくろそっくりだとみとれる間もなく
おれの眼前に灸壺の跡だらけの背中があった
少年の頃病んでいたおふくろの背ではないか
〈さあ早くぼそぼそしないで苗はこれだよ〉
もぐさをおれの手に渡して
〈昔の正夫はもっと気がついたっけ〉
〈かあさんこれが戦争ボケさ〉
〈無理もない戦地に二昔も三昔も行ってただもの……〉
おれはここはどうだと
婦の背の壺を指でおさえて

灸点に墨をぬる
もぐさをちぎってくっつける
線香の火をくっつける
青白い細い煙が婦の髪にもぐっていく
熱いのか躰を前にかがみながら
〈正夫わしも今苗を植えたよ〉
もぐさが灰になって一点の小さな火が消えると
婦は背をのばす
〈正夫早く次を植えるのだよ〉
〈かあさん病地のこと知ってるだろう〉
〈水はけが悪いそうだよ、病地だもの〉
〈背中の血液の循環がニブッテいるように〉
〈毒水だそうだ、毒が湧いてるそうだ〉
〈灸点の跡に膿をもつように〉
〈正夫苗があまったら植えてみろ、お前の手つきなら苗が育つかも知れない〉
〈病地に灸をすえるわけか　なるほど〉
〈何、病地に灸、灸をすえるのかい〉
〈灸をすえて土壌改良をしてみるのです〉

〈なにをボケたことを言うじゃあないよ〉

おれも狂気じみた幻覚をしてきた
婦の背で灸点の跡がたまって
楕円形のケロイドとなって拡がってゆき
不毛の台地である病地と重なってくる
おれはいつまでも狂喜して灸をすえている
ただ解らないことはそれが
かあさんの背であるか
病地であるか

帰路不明

夜半過ぎ豪雨があった
朝どろどろの水が川にあふれていた

流れをみつめようとしても
眼が一諸に流れ渦にまかれる
降りつづく雨の日の昼前
部落の青壮年衆の寄合があった
雑談ばかりでその日の雑談はもっぱら
川の水に異常な土のにごりのあることだった
たちこめている生土の臭いのことだった
上流のどこかで山津波があったのではないか
どの辺の山が崩れたのか確かめてくるか
そう決ってぼくらは林道を奥にあるいた
初夏ぼくらの部落は青緑一色につつまれ
くねった川だけが茶土色に流動していた
林道の終点である坂下までたどると
そこに変りはてた景が開けていた
生土のねそべっている異様に明るい景
北峯山がなくなっているのだ
そして林道の終点から新しい
切り通しの道が生まれていた

どこに通じているのか行ってみるか
いったいどこに行くのやら
ちょっぴり不安やら心おどるやら
ぼくらは数人のかたまりとなってあるいた
視野に空がひろがった
空の下方に街が見おろせた
ぼくらはすべり落ちるように街に入った
石だたみの路をあるいた
狭い石段を登ってゆくと
石垣の家が密集していた
白い布をはおった女衆ばかりめだった
汚れた黄っぽい池の水で
白い布を洗濯している女衆ばかりめだった
ぼくらは石だらけの街の迷路をごろついた
実に不思議だ草一つ生えていないのだ
裸木すらもない
陽がだるそうに照っているだけだ
ぼくらは緑群の村から出郷してきたので

異様な街の景にとまどうばかりだった

緑恋しさの情というだろうか
望郷の念にせきたてられるのだろうか
太衛君滝の谷にもどらずよ
井の中の蛙どもはかたまって相談した
だがどこをあるいても迷路だ
帰路につく入口を探し出せない
石の街から滝の谷にもどる糸口がみつからぬ
女衆にたずねても言葉が通じないのだ
みんながぼくを責める
太衛君を頼りにして来たのにどうしてくれる
ぼくは石に石で地形図を画いて

滝の谷は山に囲まれた小さな盆地だ
東は横峯の山を越えると中里部落だ
東北の方角は高尾山で裏は市の瀬部落
北は坂口、峠地蔵、大久保の順だ

西の境塚山のむこうには隣村伊久美
西南に紫尾根があって上滝沢に通ずる
南にでっかい城山がふさぎ
水は不動峡の渓谷を滝口に流れる
東南は飛ン沢を入って本郷に抜ける
これが滝の谷を囲む地形のはずだと力説した
だがここはそのどこの部落でもないのだ
みんなもぼくも沈んだ表情でうなずく
だけど俺ら太衛君を信用してここまで来た
おれにも解らんことだってあるのだ
解らんことばっかだ
濃い緑葉の村を夢みつつ
異郷の街でぼくらは日暮れた

飛入り役者の隠れ蓑

ここは劇場じゃあない
芝居小屋だ
芝居小屋と言っても
素人造りの仮舞台と
むしろを敷きつめた観客席があるだけだ
俺は役者だった
いまぎっしり村の客を集めて幕が開いた
粗末な造りの峠らしい隠れ里の
百姓家の居間と台所に
数人の山里の親爺達がたむろしている
がやがやとにぎわしい
芝居は始まっている
もうじき俺は役者として登場するはずだが
台詞を何ひとつ覚えていないのだ
たまらなく不安なのだ

くり返し夜毎練習して
上演の段取りになったはずだが
おかしなことに
晴れの舞台での台詞を忘れてしまっている
気持ちがあせる
舞台の様子を上手の袖からうかがいながら
汚れているシナリオを片手に持って暗記しようとすると
俺はまたしてもどんな役者かも忘れている
もはやだめだと
心落ちつかぬすると
演出さんから登場の合図が飛んできた
男は度胸　飛入り役者だ
ぶっつけ本番　足を重く運んでいけ
〈こんちは！〉
だが親爺達は誰も俺に気づかぬ
〈あのおーごめん下さい〉
親爺達は卓をたたいて議論の最中
〈いいあんばいです、誰か〉

おかみさんが台所できづいた
〈どなたですか、お客さんは〉
〈あのおー、み、蓑ひとつゆずって欲しい者ですが〉
〈え？　家はお客さん百姓屋で商人《あきんど》じゃあないが……〉
〈ええだけどどうしても蓑を一枚欲しいのです〉
〈変な人だよ　困るなあ　ほいほい父さん！　ほい父さん！〉
〈何だ　うるさい　今重要な相談で……〉
この時　親爺達がいっせいに俺を覗いている
間《ま》
〈このどこかの人が蓑をゆずって欲しいだってさ……〉
〈今どきなんだって蓑だと　お前さん誰だい〉
〈俺は……おれは歩いて旅をしている、そう旅人ですが〉
〈へえー旅人だと、外は雨でも降ってるのか〉
〈いいえ、とても良いお天気です〉
〈変った奴だ、他者《よそもの》にしちゃあ訛《なまり》がない〉
〈この辺は風が強いようですね〉
〈どこに暮してる者だ〉
〈どこの家も石が屋根に乗ってる〉

〈あたりまえだ、ここは峠の部落《むら》だ〉
髭面の男達がやっとニヤッとした
〈お前は、あやしいぞ近くの者だな　犬だなこいつは〉
〈実は……あやしい者ではありたくないのですが……〉
〈実はなんだ、名を証せ、わしはこの家の主だ！　仲間は同志だ〉
〈麓の村に住んでいる太衛です〉
観客席から野次が飛んだ〈芝居はどうなる！〉
〈たえさんだとたえさんかお前が……知ってるよ〉
〈そうだ！　だんな衆の道楽者だって言う　うわさは知ってるよな〉
〈蓑一着ゆずって下さい、貴殿《あんた》の手製の蓑を欲しいのです〉
〈今はビニール製の便利な雨合羽があるじゃあないか
面白い野郎だはっはは、古い物でもいいか、古物だぞ〉
〈ありがとうございます　うれしいほんとだ〉
〈かあちゃん、裏の物置小屋にあるの　探してきて渡してやんな〉
〈いくらでいいでしょうか〉
〈銭か、銭はいらん、なんとひとつ教えてくれんかマルクスの言う
やがて富豪もプロレタリアート化するという説だが……〉
〈さあ　俺には解りません正直、あのうこっちにちょっと〉

俺は蓑をもらってから舞台中央前に主人を手まねきした
俺は観客席の方を指さして
〈お宅から海が見えますね　いい眺めだ　峠で一番の屋敷だな〉
〈海なんか見えないよ〉
〈黒い海に波が光っているのが見えませんか親爺さんには〉
〈たえさんと言ったっけな、ここは俺が五十年も住んだ庭だよ〉
〈よくごらん下さい、波でしょう　光って輝いているのは〉
親爺はいつまでも眺めていた　そして
〈光ってるのは観客席にいる村の衆の眼玉だ　めんくり玉だ！〉
俺はもうその時は蓑で躰を隠して舞台下手に消えていた
その時海が急に激しくざわめいてきたと思った

密使

独り生きる姿勢に固執していても

樹木と新鮮な呼吸を交わすために
しじゅう習慣のように
山中にまぎれ込んでいく
その日天候は思わしくなかったが
海の見える山へ登っていった
あえぎながらかなり登りつめたのだが
やっぱり海の方角はいちめん霧雲だった
そこにしばらく座っていると
下界から霧は樹間を抜けて這ってきて
たちまち樹林を隠していった
視界数メートルの濃霧におおわれたおれは
冷ややかな気流のなかで独りであると知った
迷わないためにもあるかないことだ
おれにはこんな風な小さな視界しかないのだ
海はないのだ　見えないのだ
おれはおれのなかと　おれのなかの他人の
濃霧のようなものを考えつづけた
が、まとっているおれの衣服が

霧をいっぱい含んで重たくなるのが解った

その時突然
銃らしきものを持った男が出現した
男は草服を着用していた髭ものびていた
おれを探すと男はにやっとした
〈だ　だれですか、そんな格好で……〉
〈……ふん……〉
おれの夢のなかで何度も出遇っている
言ってみれば幻の兵士だとか工作者だとか
十数年前自殺している学友のTだとか
昔恋におぼれた少女のダンナであるとか
病むように巣食っている男のようだ
ようだが定かでない草服の男に
おれは何かを盗まれていく感じだった
わが濃霧に浸透しそれを攪乱していく
〈たばこをのみませんか〉
〈……うん……〉

おれは掌で包んだマッチの炎をサービスした
〈霧のなかのたばこは一番うまいですね〉
〈火打ち石がなかなか……こんな時は〉
〈……それじゃあたばこも……〉
〈まあ、木の葉を乾燥させて……やるのさ〉
〈……〉
〈お前さんはここで何を考えていたのさ〉
〈いや、自分をもてあましているのです〉
〈実はわしが用件を頼みたいのだ〉
〈……〉
〈それ程危険な仕事じゃあないさ〉
〈ぼ、ぼくは信ずるに値する人間ですか〉
〈気障だな、少しだけど、どっちでもいいさ〉
〈何をするのですか〉
〈ある所まで連絡したいことがあるのさ〉
〈すると密使のような役目ですか〉
〈ふん、まさに密書を届けて欲しいのさ〉
〈ぼくに密使としての信頼がおけますか〉

〈わしに出遇ったことだけは内密に頼む〉
〈その途中に捕って……密書が……〉
〈解読できまい、誰れにも、むろんお前にも〉
〈……？……〉
男は懐中から一枚の葉片をとりだして
〈これを運んでくれ〉
その密書という「葉」を掌に受取ると
おれの指紋のあたりで
脈うっている葉脈が解るのだ
不思議なリズムで流れる葉液が解るのだ
この指先から躰に滲みてくるリズムが
何かの暗号なのか
そっと掌の「葉」を覗くと
虫が食害したような穴がいくつもあいている
まさか点字でもあるまい
いったいぜんたい……
〈さっぱり解りません〉
〈ふん〉

〈どこまでこれを届けるのですか〉
〈この山頂から見える海までさ〉
〈海ですか、相手は誰れに渡すのですか〉
〈辿りつけば解る、待っているはずだ〉
〈は、はい、でもこんなに霧がかかって〉
〈わしが霧隠れしたらすぐ消えるはずだ〉
草服の男はさらに一ひらの葉っぱを出して
これが海辺までの地形図だと言って
網状脈が山径であることや
平行脈が谷から沢、川を意味していて
この葉柄の部分が河口であると
密行ルートである地形図だけを暗示すると
たちまち濃霧の樹海に姿を隠してしまった
おれは狐につままれたと思っていたら
確かに霧が消えて山の稜線が見え始めた
おれは密使
海をめざした

廃村の闇夜

なぜかいらだつ六月の
もどかしい日々がいやだった
終日草を刈ったその脚に
日暮れわらじをつけた
まだ出遇ったことはないが
おれがとても親しいと日頃思いつめている
おれだけの師に遇いたいと
おれの住む山の村からもう一つ森を越えた
ふくろうがほうほうと鳴いている
たどりついた寒村に
ランプみたいな燈火がひとつ見えた
しがみつくように表戸を開けて
師の
紙魚の臭いのする書庫にどかっと座って
うとうととする安着の気分にひたりながら

にがい古茶をすすった
その時師の貌を見失った
ランプが暗いせいか
道々ひっかけた蜘蛛の巣でぼやつくのか
確かに師と対座しているのが
初めて唇を割ろうとしてよく覗くと
眼がない
耳がない
口がないのだ
貌の付属物が見あたらぬのだ
師ののっぺらぼおの貌をみつめて
おれはとほうにくれていく
古書のなかにうずもれていたおれの周囲に
突然日なたくさい石ぼこりの臭いがした
古びた石塔、石仏、地蔵の類が散在している
師は
苔むした廃村の墓碑銘を指で撫でた
そこに師の連れ添いが出てきて

〈このごろは石を彫ったり刻んだり……〉
おれはその石を掌にとってみつめた
……ああ……
のっぺらぼおの師の貌に眼が生まれてくる

漏《も》ろぞうと生《は》えるぞう

むかしむかしのことだ
山の中の暮らしのくらい話だ
草ぶきのおんぼろの一軒屋があってさ
そこにおじいとおばあがいた
くる日もくる日もビジャビジャ雨が降る
喰うものもかじるものも心ぼそい
山奥の狼だって飢えてくるさ
腹がへってたまらんのだ

しわくちゃばあさんでも
ほねかわのじいさんでも
まずそうだが喰ってみるかと思ってさ
腹がへってたまらんから
わざわざしょうがないさ雨の中を
一軒屋の雨戸の前までたどりついてさ
ブルブルと雨だけは落としたわけだ
するとヒソヒソ話をしている
「ばあさんやばあさん」
「なんだい、おしめりがつづくのう」
「おれの言うことをよく聞け」
「腹がへると耳もとおくなるし」
「なんとばあさんはこの世で何が一番おっかない」
「わしは……わしはオオカミだよ」
「ばあさんは何もしらんなもっとこわいものだ」
「オオカミよりこわいもんは、見たことも聞いたことも」
「今、見えてるもんだ」
「何も見えない、わしには」

「ポタリ、ポターリと」
「ポターリと声を出す、なんだのじいさん」
もろぞう（雨漏り）という奴だ」
狼はそんな話を聞いていました
もろ象という奴が家の中にいる
もろゾオーという奴は狼を喰い殺してしまう
おっかない、おっかない
腹がへっているのも忘れて
狼はもろぞうから離れて
森の中の穴に逃げてゆきました

四方を急な山にかこまれた山の中に
太一という百姓のおっさんがいました
太一の仕事は杉を植えたりその草を刈ったり
みかんやお茶を育てるために雑草を抜いたり
なにしろ鎌や鍬を離しません
あっちのみかん園の草を刈ると
こっちの茶畑で草が大きくなります

むこうの杉山でも草がぐんぐん伸びています
こんなぐわいに草に追われて暮しています

ある夏　ある日　ある時
太一の村の四方の山の上にさらに山ができて
もっこりとしているのです
太一は山の高くにある茶畑にいそぎました
するとどうでしょう　その茶畑につづいて
見知らぬひろいひろい茶畑があるのです
おまけにびっしり雑草が繁っているのです
太一は近くで働いている百姓にたずねました
「ここはどこずら」
「おらの村だ、おらの茶畑だ」
「あのすごく草の生えてる畑は誰の畑？」
「太一さんの、自分のじゃあないか」
「ウソずら」
「それで正気さ、太一さんには茶畑はいらんさ」
「正気？」

「あの時欲ばってこの土地を欲しがったけえが」
「茶畑やみかん園には生えるぞうがいてな……」
「ハエルゾオーだって……何だそれは」
「草が生えるぞーって言うもんだ」
「草が生えたら取ればええじゃん」
「その象に追われると逃げられんのだ」
「太一さん、頭がヘンだぞ」
「……」
「小百姓には何だか知らんそんな象はこわくない」
「そおかなあ」
「今まで草の生える土地すらなかったじゃないか」
太一はその百姓に答えることができませんでした
けれども生えるぞうがこわくてたまりません
狼がもろぞうから逃げかくれたように
その日太一は家に帰って寝てしまいました

卯の木平から見た水車むら全景

『水車むら水土記』（一九八二年八月）

野草の味

立春の頃から野草ばかり喰った。

フキのトウを十八夜の頃喰った。ゆでたやつを水でさらしただけ。そいつが小皿にちょっぴりきざんであった。口もとまで運ぶたった二秒の時間と三〇センチの距離がとてもいとおしい――私の鼻のぺしゃんこをほめてやりたいくらいだった。かたまりのままからりと揚げた天ぷらも美味かった。歯ぐきがごきげんだった。

二十八夜の頃、土間に臼を出して草《よもぎ》もちをついた。臼の底から湯気といっしょに春の息吹が顔じゅうを包みこむ。

フキは三十八夜あたりが一番だ。細い細いうまれたばかりの沢ブキのうまさ……。

しかし今春の感激は、なんと言っても野良で喰った四十八夜のノビルである。土のついた根を一皮むくと、まっ白ーい玉、それをオキ火にくべてコガスだけ。葉っぱの方もピンとすると生のピンとするようなカラミがなくなって、歯ざわりがやわらかくて……「滝の谷でうまいものはフキにノビル、嫁にくわすも惜しゅうござる」。

五十八夜のセリとミツバ。セリにも風格があるし、ミツバもにくらしい。タンポポ、スミレ、ゼンマイなどしっかり喰ったことはない。だが喰わねばならぬ。

さて、いよいよ八十八夜。(一九七五年　春)

霞の奥

川向こうに竹藪がある。夜の明けた頃の藪を細かい煙が筋のように激しく流れる。寝ぼけの胸がどきっとする程の、まさに煙霧だ。ああ今朝は霞《かすみ》が湧いているナ、路に出てその川面をのぞく。霞の生まれる沢沿いの路をあるきたくなる。沢の土砂止め用のダムから落ちる滝で沢山の霞が育っている。今朝は山も谷も霞のたちこめた奥にある。
霞の奥にある——この冬、ほこりだらけの家文書をあさってみた。天和元年(約三〇〇年前)の土地証文「売渡し申畑の事、下畑壱畝壱歩釜の沢坂下茶原の分」が出てきた。山人として暮らしはじめた家系の最初の男「太郎兵衛」が掌中にした三十一坪あまりの茶畑の土地証文であるのだが、それを手にしたとき、ふいに三〇〇年前に気持ちが傾いていくような錯覚と同時に、躰から血が抜けていくような不安がおそい、独り霞のなかで迷っていた。つまり瀬戸谷の山峡でかかわった茶の栽培の歴史や、百姓の暮らしの実像としての歴史が霞の奥にあるからだ。

理屈っぽくなったので、ここで昔話を、題して「霞コくった話」

トント昔のまた昔　あった事《ごん》だが、なえごんだったが、トント解《わが》り申さねげんども、トント昔アあった事えして　聞かねばなんねェ、え。

この滝の谷の山の中さ、少《と》ばり足《た》んね百姓さ　暮らしてだけンド、とっても長生キしたたど。春先《はるさが》　朝えなっと　霞コば　やんだくなる位《ぐれ》え　くった。山さ入ると　今度《こんだ》ァ霞コで　大《おが》った草コだの　茶の芽《めっ》コ　やんだくなる位《くれ》え　くったとさ。ドンビン　カラリン。（一九七六年　春）

茶は耳たぶを満たす

コブシも大きな花弁を一枚二枚と失なってしまった。サクラもまるでぼんぼりのように野をかざって、消えてしまった。レンギョウも若葉がめだって増えて色あせている。崖の骨の上に咲いているミヤマツツジも若葉にかくれてしまいそうだ。

今年の花の盛りは美しかった。おおよそ花鳥風月なるものと縁遠いヤボな男だから、私は自分が花を愛でることがとてもおかしくて不思議だった。

お茶だってそうだ、ヤボな男だから――。それが、そのヤボな男からこんな言葉が飛び出した。

茶は耳たぶを満たす、と。

茶が耳たぶを満たすということは　茶をすする　口中の味覚器官へ拡がる　走るというべきか走って耳の根っこのあたりまでしみわたり　耳たぶが美味いと反応する。

若葉も美しい。まさに茶はその王者でありましょう。（一九七七年　春）

葉っぱとカラス

おい、茶畑を囲んでいる樹々の若芽や若葉のたたずまいを届けようか。

山の神の、うっそうとした森のまえではだかっているケヤキ。まるでしだれ花火の残照、残輝か。バチバチはぜた花火の音が耳の底にたまる頃合いだ。

娘ざかりのように若いナラは、ギラギラ産毛が輝やいて。常緑のカシの葉っぱは、ヒメイカの足のような髪飾りのおしゃれ。ヤマザクラだって、霞の若葉の群れのなかで、燃えるような、萌えるような色あいの葉っぱに、少女のような、恥ずかしそうな花の色。

柿の樹の葉っぱで思い出した。葉っぱが拡がってカラスが止まってもわからなくなるころ新茶だって、亡き祖母は言ってたけれど、まだまだ、今は鉄砲でねらわれちゃう。

お茶か、うん、谷霧、山霧につつまれていて……教えてやらん。

鳥もいろんな奴が、いろんな音色で――若葉は音響効果ばつぐんだ。

八十八夜の頃の楽しみがあるんだ。いつ不動峡の崖のあのへんにフジの花が姿を見せてくれるだろうかって。早くあいたいナ。（一九七八年　春）

ノビルとフキ

筍を掘った今日の夕暮れ、竹籔の農道ぞいに、ノビルを移植した。

「陽あたりのええ、ぬくといここならノビルもはびこるさ」

「ノビルを植えるなんてあんまり聞いたことんないなあ、彼岸花は昔の衆が飢餓にそなえてそこらじゅう植えて増やしただってナ、だけんあのニガイものん食えるかせん」

知りあいの山の男が隣りでそう言った。

竹籔のしめっぽい空地にはフキの地下茎も移植した。

「フキはうまいなあ、キャラブキでいっぱいキュウーとナ」

山の男はフキを移植しつつ、つばをのんだ。

来年は竹籔に推肥をどっさり運んでやろうと思った。野草であるフキ、ワラビ、セリ、ゼンマイ、タンポポなどにも、推肥をうんと恵んであげようと思った。ノビルは植えた。フキも増える。ウドとかタラも欲しいのだが。

あしたもまた、山の男の知恵をかりてみよう。（一九七九年　春）

サクラ模様

春らんまん花らんまんでございます。

らんまんのなかで一足早く寒の頃咲いたウメは、桃太郎さんの生まれるような桃を、小さく小さくしたような幼ない実にふくらんでいます。

仕事の仲間と、むらの居酒屋でコップをちびりなめました。きのう掘った筍を農協へ運んでいった帰りです。そのホロ酔いの眼で、そそりたつ岩山の崖を眺めて、ミヤマとヤマザクラと夕暮の空をたっぷり眺めて、首がくたばりそうでした。

ゆうべは港のある街の料理屋で、昔素人芝居をやった仲間と飲みました。印象に残る民話のばあさん役を演じた少女も、すっかりお母さんでした。彼女はサクラ色のサクラ模様っぽい洋服でした、垂れているネクタイまで。私は崖のヤマザクラを思い出して、

「ヤマザクラの葉っぱの色のネクタイを買ってやる」

と、ほんとうは買ってなんかやりっこないと思いつつ、酔っているのでつい言ってしまって、すみません、と思っています。（一九八〇年　春）

竹見の酒

若葉がいっせいに萌えたつ盛りでございます。

筍もまっ盛りでございます。掘って掘って掘りつづけています。

食べる方もまた盛りです……。きのう東の方から客人があって、忙中どうしても静岡の茶業会議所へ出なければならず、途中、丸子の宿で落ち合って昼めし。

なんと〝タケノコ〟を食べました。それがまたまた美味《うま》いのです。器の方はタケノコにソバ粉をまぶしたお吸物ですが、うまいのです。皿の方は、厚い輪切りで、薄口しょうゆで、このうま煮がよろしいのです。秘訣を探ろうとしたのですが、〝アク抜きはしていない〟らしいとのことで、ちんぷんかんぷんのまま退散しました。

ゆうべ、どうゆうわけか、台所で鰹節でだしをとって……ものまね。

のむ方は筍掘りの連中と冷や酒ばかり。できたら〝竹見の酒〟をとしゃれこんで、青竹で酒をぬるめて〝ホーホケェキョ〟

竹の林は、笛が並んでいるためか、すこぶる音響がよろしい。一度でいい、声の主の姿をゆっくりつきとめてみたい。（一九八一年　春）

水車のお茶

水車は、回り始めて、初めての春の水を浴びて、今日もごきげんよろしいようです。

「水車むら」の水車の仕事は、発電、製粉、製米、わら打ちと製茶です。

そのお茶の初もみが近づいて、水車小屋の主《あるじ》は気ぜわしく吊橋を通《かよ》います。

吊橋ゆれて、ゆれるたびによろめいて、カラスにかあかあと笑われています。

もっともそれは、主がさも得意そうに、

「日本の国中さがしても、水車のお茶は水車むらだけだ」

という胸のうちを知っていて、おかしくて笑っているのかも。

機械の調整、炭や薪《まき》の心配、わたしがこの世に生まれた頃のお茶の製造の姿を再現しょうとする、このしんどい心痛とよろこび。（一九八二年　春）

寒中このごろ

わたしの根には
毛細根のようなものが生えていて

養分に吸いつくような発根力があった
このごろそれがない

長女が剣道の試合に出場するという
それにこのごろつきあった
不思議なものを眺めているようで
この世には剣道というものがあると識った

さきおとといもおとといも去年も
この寒中のこのごろも
むらの葬送にたちあい
野辺の送りの六道を努める
地獄　餓鬼　畜生　修羅　人間　天上
六つの迷界へ六本の蠟燭《ろうそく》をさげた道案内人

かつて
わたしの霊魂は
暗夜のむらで燐のように燃えた

このごろうすらさむく
わたしの霊魂は
人気のないまっ昼間のむらを
ゆうれいのような輪郭で
浮いている

『静岡県詩集』第七集　一九七九年

『ひとさしゆびのさかさむけ』（二〇〇六年五月）

詩について

A　このごろ詩を書きますか。

B　このごろ書きません、と言うより書けないのです。

A　それはどういうことだと自分で思いますか。

B　うん、ひとつは詩のテーマが浮かんでこない迷っているのです。もっとも一つ二つ構想をもっているのがあるのですが、紙にむかったとき言葉が湧かないのです。

―それは自分の育てている杉の、人間の背くらいですから植えて数年のものですが、その幼い杉林をぼくが眺めている、手入れをしてありますから整然としている訳です。そのいわば自分の掌中にある杉達がですが、ある日突然、国防色の兵士に異変し、軍国主義的な指揮官の言動に酔ってしまう訳です。そのぼくのはがゆさみたいなもの、それを日中国交回復における中国要人の国民服（全体主義）とつなげたりして、まあ内なる農のナショナリズムへの自己矛盾—その片鱗だけでも捕まえたいのですが、それがなかなかできない—。
A　杉から兵士への変身ですか、ついでだからもう一つの構想を話して下さい。
B　もう一つというより、詩集『わが風土圏』ののちの仕事として廃人としての自分の姿、あがきを村の衆との関係で連作のようなかたちで書き続けてみようと思うのですが、ずるずるとさぼっているのです。
A　まあ、一見あなたを見廻すと、村内関係はむろん農業、家庭それらの関係も大変恵まれていて、空気はいいし、まさに若ダンナ然として、うらやましいのですが、どうして農の廃人だとかナショナリズムを詩のテーマをしぼろうとするのですか。
B　うん、そう言う人ずい分多いのですが、一つはたぶんに観念的ですが思想的な理念でしょうね。そして体験としてぼくは精神病舎にころげ落ちたことがあって、それ以降たびたび自分が正常な言語とか営為を失って、困惑する夢にうなされている喪失感というか、空無感を味わっているのです。それともう一つは詩の構造とか内容というものを、虚界、日常の言葉で日常ありそうで日常にないような世界、うまく言えませんが、そうです、黒田喜夫の「空想のゲリラ」とか「害虫飼育」のようなもの、として考えています。
A　でもまだ疑問が残ります。あなたは観念的とおしゃったがそれはどちらでもいいとして、文学、詩を自分はどう生きるべきかという枠の中で捕らえたいという性質というか、情熱というか、教科書みたいな信念があるでしょう。でも一年間に二、三篇百行ばかり書いて、全生活の全肉体精神の証言に、例えば廃人と規定した追求だけで足りるでしょうか。

B　すみません。えらそうな事言ったので、逆にやられました。おっしゃる通りです。足りるとは思っていません。詩人だと言われることも困ります。プロ野球があってその観客で一方では草野球に熱中している人いますね。その人達がプロ野球を支えている底辺としますね。だからぼくには草野球人↓草　つまりプロに及ぶプレーとか観客をもちませんが草野球狂だって、貧しい一投も一打も望んではいません。身銭でボールやバットも買うし……。

B　だったら趣味ですか。

B　にがい自嘲を込めて趣味です……がさっきの問いにしっかり答えていないので……三十代の後半、例え百行ずつでも廃人をつなぎとして書きもし、それが太い骨だとしたら、その後肉をつけられるでしょう。血や肉をつけるべき〈時〉をとにかく生活を支える資を得るために費やしている今の自分の姿は、やがて文学が離れるのではないかという危機感すら持っています。と言えばあなたには美しい言い訳として響きますね。

1973年11月「岩礁」13号

雨の朝

くれゆく日　ぼくの　夢のなかの
うらぶれた紙片に
私の詩が掲載されている断面が
影のようにある

やがて半覚半眠にめざめつつも
眠りの中で
　こいつは夢だと気付いている
私はいじらしく
記憶をとどめようとしているのだが
断面は
雲行きのあやしい雨雲のように
呼吸《いき》という私の「刻《とき》」を
雨雲をにぎっている

1998年文学舎ニュース23号

宙の　糸のような血

くらやみ　湧き水のくぼみに
素脚を沈めている
ねぇ　何しているのヨ　ネェ
血脈がかすかに踊っている
メダカでも群れているのか
「味*わっても味わっても味わいきれないもの」

一人の個　その個の　根のもとと
もうひとりの　別の個の　その核の
個は　それぞれに　別に在り
個はそれぞれの千変し　万化する
瞬時を刻んできた　刻んでいる

宙に　血のような細かい糸をひきずって
虚空の虚《うろ》に落ちる　水のしずく

ねぇ　何しているのョ　ネェ
〈隣のばあさん屁をひった……〉
その時　シャラクーサイ**　呼ぶ声がする
それは　豆まきの　くらやみの戸外に叫んだ
小僧の頃から内奥《ないおう》に秘匿《ひとく》していた
つび***

くらやみの発語の羞恥

＊小川国夫「解らない道具」
＊＊安倍正信の『駿國雑誌』、駿府村里の「節分」の項に見える
〽へやかがしも候ぞ　隣の御方の玉門《つび》屎《くそ》陰核《まら》糞《くそ》　噫嘻《ああ》臭　噫嘻《ああ》臭——といった例がある。シャラクサーイの中に「臭い」が秘匿される掛詞になっているのである。ヤイカガシが強烈に臭いぞということを秘匿して示すことによって、病魔悪霊を追放防除しようとしたのである。……藤枝の節分呪言の中心は「隣の婆型」だといえよう。
〈野本寛一『藤枝市史　別篇民俗』第五章「節分」〉
＊＊＊玉門　屎　開　粒（古語辞典）類

水車むら通信他№96　２００２年11月発行

てんでんばらば

下顎《したあご》に白い髭《ひげ》が伸びてくると
心構えがととのってきた
腰が曲がってもええ
歯が欠けたってええ
眼がかすんでもええ
耳だって遠くてええ
ぼつぼつ息杖も心配せんと　と
寝たきりだけは御免こうむりたいのだが

「正幸君を介護の病院に見舞ってきたぞ」
君は竹籠屋に短い丁稚　鉄筋屋で定年退職
脳梗塞　声だけははっきりしていた
「他《よそ》の女の家で倒れただってじゃん」
やっぱ同級生のチエコさんが言った
「外聞が悪いヨオ　あんまりじゃん」

俺は　ものすごくうれしかった
「ハタラキン　アルジャンカ」

文夫君は短かい洋服の仕立屋奉公
乳業会社で停年
それからは牛乳配達のアルバイト
昨日集金日で　正月以外は年中無休で達者
朝は四時前とか　まいったまいった
河鹿《かじか》ガエルの録音*で世話になったばかり

俺に詩を書けと命令　されたのかしたのか
村がなくなった　消えちゃった
耕作面積比イコオル階層分解論も
やっぱり死語となった搾取、農林地代論も
鋏状価格差は化石
エンゲル係数は計器が錆びてる
農までが
輸入農産物にむしやつく

古稀懐妊

農がなくなってく　農民が消えちゃってく
正幸君も文夫君も村も農もむろん俺も
てんでんばらばら
俺は鏡で　老いた　ますますの醜い貌を
無精髭のぞろぞろと白毛だらけを　のぞく
そこには汚れた白衣の粗末な野戦病舎に
傷病兵たちがぞろぞろと　日の丸を失って
てんでんばらばらに
貌じゅうに這っている
下顎には寝たっきりが　かたまっている

＊NHKラジオ深夜便　04年に6月放送に使用文芸静岡75号

—赤ちゃんが授かったみたいヨ
爺さんが　エ　妊娠するもんか
—ほらゲーテとかチャップリンも
いくら博学でも　それは無茶苦茶

爺さん懐妊の親族会議が招集された
ぞろりと爺の女房と弟妹やら義弟妹まで
爺さんの子供もその相棒までが揃った
そこに爺の小学やら幼稚園の孫までぞろぞろ

息子が仕切っている
困った　親父の胎児はミツキに入った
＝堕胎すればええじゃんか　オロセ
爺さんの腹から娘の声が響く
—赤ちゃんは妊婦の裁量にまかせてヨ
—わたしの赤ちゃんです
＝認知もだめだ　銭で決着でもするのか
—赤ん坊はわたしが育てますから

爺さんは息子や親族衆から棄てられた
＝この家の敷居を二度とまたがせんぞ
爺さんは不憫な赤児を育ててやりたいと　思った

とぼとぼ山坂
道筋かさかさ暮れる
途方に暮れて暮らしも暮れた
赤児よ
爺じいの胎から出でよ
生き物に餌有りじゃ

夜な夜な
山彦だけが迫ってくる
〈野垂れ死にだゾー〉
〈ゾー、ゾー〉
ふくろうなのか
夜鳩なのか

〈ボー　ボー〉

106号「主流」（初稿を改稿「主流」506号）

私の詩　二十歳→古稀　サンドイッチ

語る夕べの私の詩シリーズは、今までに萩原里美、岩豊こと岩崎豊市、池上耶素子、武士俣各氏にやっていただいてきていた。でも、いざ自分の発表の番となると落第生だから気がとても重たかった。重い腰だったが、あげた。

資料としての一枚目は、あっちこっち拾い読みで探し出した、今から三十五年も前に出版された松永伍一の『日本農民詩史』下巻（二）からもらった。たぶんに過分なご好意を得た私の項の中の〈「没落」「蕗をむしる唄」にみるナルシズム〉から二篇を引用掲載の詩のままコピーで、もたもたと朗読した。

詩「没落」は、私の農への志、その出発の想いがテーマであったのだが、例えば

盲目の林で

森のこだまと信じただろう

と、いう二行が途中にあって、青年期の自分の盲目性の自覚と比喩としての森のこだまで、いくぶん楽天性を暗示したつもりで、若い頃書いたと思う。この楽天性に対する自己批評眼が末連の数行に重なるのだが、そこでは白い髭の爺さんに化けて没落した屋敷跡の風呂場あたりに散っていたくだけた鏡に映っている、その自分もむらも屈折している景を提示して結局肯定している。歪んだ鏡の景のイメージを予感させて、結んでいる。

もう一篇の「蕗をむしる唄」は、土砂降りの中で、一日中筍を掘った夕暮れ、泥合羽をすて、沢蕗をむしっている写生に続けて

蕗をむしっているようだ

と、とぼけるというのか、他人事のような夢想の境地を投げている。実は蕗を収穫しつつも青年を病んでいる自分を捕らえる霧が晴れていくような、ぴったりの言葉を、その頃ずっと探してきていた。大袈裟に表現すると、私の抒情詩は、生涯この一行きりだとも思ってきた。この夢想の、しかし私なりに泣くような一行を絞り出した次の連は、恥ずかしながらも

地下足袋がぬれていることも
躰がぬれていることも
ずぼんが泥になっていることも
雨の中で筍を掘ったあとだということも

すべて忘れて独りのぼくが好きになれた
ぼくは生まれてからずっとぼくをいじめ通した
だから一度くらい僕を好きになってあげたいと思った

私の甘さなり幼児性のナルシズムの弁明は棚に上げておいてもらいたいのだが、今日に於いても、三Kの職場はもとより青年達の深い閉塞感に想いが至ると、恐縮ながらもやっぱりと、困惑している。

さて、二枚目のコピーの前半に写したのは、三十年前の短い「詩について」のエッセー、その自問自答風のなかで「このごろ詩が書けないのです」に続けて想いを練っている詩のストーリーを紹介している「自分の育てている背くらいの幼木の杉林の杉達が、突然国防色の兵士達に変幻し、指揮官の言動に酔ってしまうのです」。ですからテーマは「そのはがゆさと私の内なるナショナリズムですが……」と、そんな詩の構想だけが語られている。

そこには「日中国交回復における中国要人の国民服」という文章があるので、たぶんカラーテレビの影響が、育てている杉林と重なる夢になった景から詩のヒントを得えいた、と明瞭に思い出すことも出来たのだが――。

冒頭に落第生と綴った、さっきは「詩が書けない」をあえて引用した。詩に対して執着力とか粘りや飢え、ひっくるめて才覚が劣っていたことも再び棚にしまって横道へ逃げるのだが……。今日戦後六十年を振り返って日本の農、ひいては社会の地殻変動、その断層は一九七〇年あたりに生まれた、私の主観はその象徴として米の減反政策にあったと。飛躍するが、農の呻きはタブーとなった、農に沈潜していた聖なる存在が破壊され、銀舎利（白米の飯）もまた死語と化してしまったと。

想うに、農の詩もまた呻きであった。私のこの方法論、図式の中で、文学の才覚に貧しかった私の詩は、崩壊した。

大袈裟な弁明になったけれども、私の場合この呻きから解放感が、逆説的だけども、詩というより自分までがテーマを失ったまま迷走してきた。

〈ゆうれいの輪郭で浮いている〉その頃そんな詩句を綴った覚えがあるのだけれども。

さて、語る夕べのコピーの二枚目の後半の上段に短い詩「水車白骨」を、下段に「おムラさんの隠棲」を提示して、言い訳をしながら読んだ。

二篇とも落第生なりの、きわめて「辞世」を意識してきている、二、三年前に書いたもので、実に痩せている詩だ。

四十五年間も隔たりある詩に、中年の「詩について」のエッセイをサンドイッチしたものの、みすぼらしい「語る夕べ」になってしまった。

２００５年12月　文学舎ニュース55号

春の筍　お茶だより

いつの間にか裸木だった柿の樹に新葉が開いてきました。ぼくは今は亡き祖母がよく言っていた言葉を想い出しています。

「柿の樹にカラスが止まっても解らなくなるとお茶が始まる」

つまり日に日に柿の新葉は繁ってゆきます。そしてみなさんのお住いの近くの柿の樹の「はっぱ」がたくさんになると。今年もまたみなさんのお手元に滝の谷のお茶が届くということです。

昭和46年（1971）4月14日

河合正直先生からの昨年初夏のたより
「しょうぶが紫にすっくと立っている。　五月のあやめに水をいかけたるように歌はよむべしと　中世の人が言ったのは―しょうぶとあやめの違いはあっても―　こういう雨をいっぱいに受けて大柄な花びらを　くっきりと開いた姿を美しいと見たからだろう。

貴族の生活感覚は　ぼくらとまるっきり違うから、よそごとをのぞいているようにしか思えぬことが多い。平安末期から鎌倉初期の歌の中に、さすが　武士好みというか、鎌倉僧好みというか、すきっと　いさぎよい美しさが見つけ出されている。

この言葉の主も実作は　つまらぬが、こうゆう美しさは、なるほどと思う。

新茶の摘み頃の緑の輝きを歌いこなせた　歌や詩を　ぼくはまだ知らないし、そういう絵もみたことがない。あの美しさは書けるのだろうか。

外から色で描こうとしてもだめ。

山肌の土と、谷川の水と、それらをつゝむ山霧と、その中から茶を育てる人々とそういう内から描けば　描けるのかも知れない。」（1970年6月24日付）

昭和47年（1972）4月7日

ひと雨ごとに、いい陽気になって参ります。茶の芽も霜かぶりをやぶってきました。自画自賛だとお笑いになるでしょうか。私は私の土地の薮北の手づみ、早い頃のお茶のうまさを次のように表現したい。それは
〝初春の草汁をすする〟感じだ　と
春の若草や若葉には圧迫してくる生の息ぐるしさがある。その萌えてくる葉っぱや草の感じ＝それを草とみて、汁とは＝にごった霞のような、ほら春の萌木をつつんでいる　山霧みたいな　山と山の中の、けだるいような　水っぽい湿った空気の汁だ。
正確に言えばそんな土地で育まれたことを、暗示させる味だ。
――をすする、すするとしか表現しようがない。
この新緑のエキスが皆さんの細胞のすみからすみまで、うるおした時の蘇生を　山家の衆は「初ものを喰った、これでやっと七十五日は生きのびられるぞ」と言う。

昭和48年（1973）4月15日

きのうもきょうも竹藪で暮れる。生あったかい風が泳いでくる。青いような濃いようなものが、オバＱみたいなかたちをして　何匹も泳いで、まっすぐな竹の肌でくずれて、繰り返す。

それは風というより、なにかの精のようだ。

夕暮れ、ぼくを呼ぶものがある。とどまった。相手は山根の香だ、おれの仕事は筍掘りだが浮気でもするように、キノメをちぎってポケットに入れた。

ずっと昔こんな風に山椒は山男に「ちょっとあんた」と、声を掛け、今日カラーテレビで「ちょっとキノメをそえまして　はい奥様――」。

お茶だって山草だった。それがやがて薬草に出世をし、今日の姿になった。なったけど、ずっと昔、竹の林で宙をみつめていた男に、陽春の精とも言うべきものがキラメキ〈丹精も茶の芽に姿をかくす〉ということを信じた奴がいたはずだ。

昭和49年（1974）

日録風、筍トラック紀行記に、花を添えると。

四月九日（土）滝の谷桜八分咲き、きのうからの筍、わが家初掘り全部　夜十時所沢へ向けて出発。息子（18歳）同乗、国一で箱根越え、ライトの中に桜。星一つなし。横浜↓保土ヶ谷バイパス↓ちょっぴり東名↓川崎から府中街道は深夜。府中の桜も津田塾前も　水銀灯のなかで満開らしい。息子いねむり。

十日（日）午前四時所沢着。茶店で息子とコーヒー。所沢航空記念公園での所沢街をたがやす祭係へ筍。花曇り、重たい空の公園の桜のかたまりが明るい。トラック故障、あいにく日曜、夕暮れから雨、所沢泊。

十一日（月）朝、ニュータウン歩道に昨夜の雨で花びら散る。トラック昼前に修理完、晴天、国16号で八王子↓横浜をめざす。入間川、多摩川、相模原の桜を横眼、ラヂオ北海道、福岡知事選で桜サク。

オカゲサマでトモカク息子もサクラサク、その新下宿の横浜希望ヶ丘へ四時着、ニボシ、ワカメ、ジャムなど所沢街をたがやす祭で求めたものをレイゾーコへ。七時息子と離れる。東名で滝の谷着は十時三〇分。

十二日（火）滝の谷雨、満開のまゝ。これを綴る。

昭和58年（1983）

雨の中で蕗をむしった。山菜便につめるものを。カエルが鳴く、ウグイスやメヂロも一生懸命。

蕗を雨のなかでむしりながら、フッと百姓を始めた三十年も昔に綴った詩を想い出した。

泥んこの雨合羽をすてて／蕗をむしる／蕗をむしっている／その放つにがみにつつまれているとぼっそりしている独りの手仕事が／好きになれた／独りのぼくが好きになれた／一

度くらい僕を好きになってあげたいと思った／蕗をむしっているようだと、こんな風につづったことを想い出した。

はたちの青年よ、筍掘りの泥のまゝ蕗をむしってたたずんでいる青年よ　と声を掛けてくる何かがあった。今、娘を嫁に出すような年頃になって、独りの熱いかたまりは人恋いへの思いだった。だろうと思う。筍やお茶を通じてその人恋いへの思いは、いま春の便りの文脈のなかで充たされていることを感謝しなければいけないと、蕗をむしった、二百本むしると一本ずつ、四百本むしると……五〇になってもいっしんに蕗をむしった。

昭和62年（1987）4月15日

花も嵐も踏み越えて……きのう昼前花に豪雨だった。滝の谷の花は負けなかった。

どっしりと夕暮れ、桜はまるでぼんぼりのように山や谷や野をかざっていた。空までも。

ふと、思った、花は嵐のなかで生きているのだと。しかしまた、思った、おれには花も嵐もとまではいかなかったけど、おかげさまで野の花と、山の雨があった。

今日は陽春、桜前線満開、フジ三太郎はモモヒキ　（ズボンシタ）前線を昔マンガにした。

ぼくの湯豆腐前線は終わった。後線か？　あしたからは、冷奴前線。

昭和63年（1988）4月14日

紅茶の思いがけない人気で、いま水車むらでは紅茶小屋の増築中だ。去年の生産は無理を通した、味も不評ぎみ。そこで「茶凋機」と言って茶葉の水分を自然に近いかたちで取り除く機械を新調して……内容の充実をさらに。……ゆうべ、かなり昼前からの雨が……激しさを増した。受話器をとってNTTの天気予報、〝夕方六時発表、静岡県中部地帯は大雨注意報……外も大雨〟さあ　たいへんだ。と言うのは紅茶小屋は川向こう。棟上げは四月十五日。コンクリートを打つやら機械を葉小屋に運び込むやらで木を組んで二月末仮橋の仮設をしている。その橋げたに流木がからむと……タイヘンなことになる。雨中、自動車のライトと投光器の中でバン線を切断、ワイヤーで橋材の流木をふせいだ。

しかし、寝る頃になると星空。本日は晴天の日曜日也。

平成元年（１９８９）４月６日

雨上がりの竹藪で道治さんが蝮《まむし》をみつけ半透明のビニール袋に生け捕りした。ぼくはもらって、おそるおそる袋の頭の位置を鉈の峰でたたいた。頭はつぶれた。鮮血が袋の中に飛び散った。まさに鮮血だ。蝮の命の源泉なのだ。尊いものだと直感した。皮を剥ぎ、腸（ハラワタ）をむしった。そこにキモ（心臓）を探した。いつもキモだけ生のまま呑み込むので――何故か、老眼のせいか、キモがはっきりしない。ふとハラワタ全体がもったいないあ、ブツ切りにして味噌汁で喰ってみたいと思った。味噌汁にして喰ってみた。

薬用にするのは背骨の部分を焼いて、粉末にして……ぼくは焼いたまるまった蝮を封筒に入れて、何度も何度も師に贈ったことを想い出した。

この日カヂカ（蛙）の声を初めて耳にした。ホトトギスはもう一ヶ月むこう、茶の最中。

消費税　やっかいなものが生まれました。

平成元年（1989）4月13日

繁忙だ。春が盛んにうごめいているからだ。

土の中では微生物がうごめき、うごめく。

エキスを地下茎の毛根がうごめきながら養分として、筍の細胞がうようよと増殖し、私は繁忙している。

もう三十年も、もっと、桜の季節はたかが筍にかかわってきた。筍も日本の農の宿命を背負って自由化、昨今は缶詰で殆ど輸入される。

したがって販路は産直にのっかって、という路を皆さんの力できり拡かせていただいた。

繁忙はありがたい。しかし何故か今朝の夢は、谷の方へおりていって、死んでいるはずの祖父や祖母にどうしても会いたい、伝言したい、相談したいと夢中になって、霧の中で迷っていた。

野に在る意味を教えてくれ。野に在る　うごめくものを　教えてくれ

平成二年（1990）

杉を植えている時は
お尻に海を眺めてもらう
海にはすまないと思いながら
仕事が忙しいので
お尻で見ていてごめんなさい
海

きのうのことを
きのうの夜も
海が見える　と
ねむりの中で綴っている

上記の短章は三十年前、二十代に書いた詩の部分です。

実は「藤枝文学舎を育てる会」が市民運動として礎の基金づくりをしている。その世話人会の中心にいるので、この冬は多忙だった。そして運営費を生み出すために「礎展」を企画した。

私も色紙を書くハメになった、初めてである。筆も中学生の頃から持ったことはない。額だけはとびきりを求めた。何しろ販売価格が最低二万円だと決められていたので……。上記の短章を求めて下さる友人がいて……売上六十%が基金残金の額ですが、額で足を出しました。……この礎展は県内の美術家を中心に八十人の参画、総売上が八百万円を越える、とても意味のあるものとして実りました。

さて、水車小屋だとか文学舎だとかに熱中させて下さっている、臼井園の礎の皆様、三十年前、わたしの農の出発は、春杉を植え檜を植え、筍を掘り、初夏には茶を刈り、夏には山草を刈り、秋にはミカンを採ることでした。今も基本的には変わってませんが、「筍を買って下さい／お茶を買って下さい／とねむりの中で考えている」などと恥ずかしい詩は書けません。

ずいぶん図々しい男になったものですが、若い頃は可愛かった詩を書いていたものだと感心してやって下さい。

平成三年（1991）4月18日

筍の竹藪の地面にはたんぽぽやすみれの花が小さく咲いている。筍の段ボールに入れて届けることも風流だろう　と小さく思う。大きく思っていることは　何しろ　水車むらの周辺の竹藪一ヘクタール。わたしは竹藪の沢山ある家に生まれてしまって　桜の花の頃から三週間あまりそこから子供が産まれてくるので、掘りつづけ、発送し続ける。その仕事のことに追われる、その算段のことだ。

筍男は山男であり茶男でもあるのだが、何しろこのご時世、先進国日本では……それでも先進国で筍業を営んでいられる訳は、大地の会、たべ研、生協ひめゆり、所沢生活村、ゴーマルふるさと便、村上さん岩谷さん、木内さん、皆さんのおかげである。

緑茶や紅茶は、もっともっと大勢の皆さんに支えていただいている。

いまのこの思いは。さらに大きくつながってゆく。水車むら会議のメンバーである、大貫淑子（国立・現）西山正子（茅ヶ崎・現）津田恵子（静岡県島田・新）各氏の市議選と佐藤あつ子（新）さん東京練馬区議選への立候補である。ぜひとも、皆さんの力で、各地の市民エコロジー運動家へのご支援ともども　よろしくお願い申し上げます。

本年は筍党党主みたいな気分で、大きいことを書きました。

平成四年（1992）

カワガラス　子供の頃から谷川の瀬や川面に暗ぼったい野鳥が、すうぅっと川に潜ったり、つがいっぽくいた　とうっすらと　おぼえている。

老境の入口で野鳥の会に、会費だけの入会をした。そこのお茶でお世話になっている知人と、カワガラスのことを話にはさんだことがあった。

春まだ浅い日、彼はまるで猟師のような出で立ちでしかし、首に双眼鏡、掌には三脚にレンズ持参で「カワガラスどこにいるかしら」筍だったら竹藪だけど、飛んだり、舞ったりするものの消息は解らないと正直思った。

私は「紅葉の頃から　数回しかお目にかかっていないし、最近しばらく……」としか、返答のしようがなかった。小一時間程経っただろうか、彼はにやっとまた訪ねた。

「カワガラス　いましたよ」

双眼鏡でのぞかせてもらった。川の石の上に一羽だけチョンと映った。野鳥の本では暗褐色で、確かだけど野良衆には肉眼でカラスなどと命名されちゃったと、ちょっぴり同情してやりたい気分になった。

石の上にチョンといる。橋の上から眺めながら崖の影になっている　その瀬の石に上にいるチョンに私は親しさが湧いた、つのった。

その時、橋の下から水面すれすれに、石におりるようにチョンと重なってぱたぱたと交尾。実に短く、オスは上流へ消える。相変わらず、石の上にちょんといる、渓流に潜る、潜ってあるくのか、泳ぐのか、隣の石に移る、レンズでのぞくとまばたきばかりする。シャッターみたいなまばたきをする、白目が動く　異様に白くパチパチと。

桜のつぼみもふくらむ頃、彼は再び訪ねてきて「巣もみつけましたヨ」

平成六年（１９９４）４月13日

筍、美味いもの　と、綴ろうと思うのですが、今年もまた筍の出に元気がないので、正直筆者にも油がのりません。たけのこの便りは朝掘りだとか掘りたてだとか、ＴＶなどはオサシミ、生かじりをやるのですが、あれはイノシシの味覚の持ち主。
産地だから　イロリの灰でむしたものとか、アク抜きなしのうま煮も、男でもできる料理はやってきたし、今年もやるだろうと思うのですが……。

花冷えの頃、筆者は息子のお嫁さんから　筍料理の本をみせてもらった。

ミソと早春の谷筋で出逢うサンショーなどとまざって、海のものイカのキュと鳴るような歯ごたえを想起して、筍といかの木の芽和え（木の芽酢味噌）を喰った。イケタ。

筆者は昨年女房のウデは筍料理で決まり、などと暴言を吐いたけど、本年もまた　水車むらの筍で、ウデをふるっていただきとう　お願い申し上げます。ふるいがいのあるもの――たけのこです。

平成七年（1995）四月十一日

白モクレンの花びらが汚れてしまった　桜は　桃はどうして霜で痛まないのだろうか。きのう野をおろおろと　あるいた　モクレンの花びらを掌にもってきた。

夜少々の酒　猫の恋を一句

夜桜に尾っぽ重ねて　ネコ背ダナ

駄句である　ネコ背になった、尾っぽを振るようになった　と解されてもいいと思った。
しかし、ほんとうは桜は咲いた、ネコにも春が来た、〈あなたのお茶のひとときに　茶樹よ　よくぞあの猛暑を頑張り抜いたと　おほめ下さい〉という大意を綴りたかったことを想い出して、まるごとお天気に感謝しようと、桜だって、ネコだって、勢いっぱい花のさかりを生きている。

きのうは茶畑も見廻って帰ってきた。丹精していると思ってはいるが、茶園はまだまだ不足のような相で、正直恥ずかしかった。

平成八年（1996）4月9日

石狩川の河口の街から、〝四月一日に終日雪が降りました〟と、ファックスが入りました。新聞には仙台の雪がカラーで載っていました。長野県四賀邑から四月三日朝電話があって、道路は雪解けしてますと。

その夜のTVは、〝明日の朝は晩霜《おそじも》の予想〟。寒い、爺さんになったのか、二度も三度も風呂に入って、朝、うっすらと屋根に、吊り橋の板に霜が降りている。

やわらかく、ほんのりと、小さな茶芽は生まれてますから、新茶だより　を書くのを二、三日むこうの予定にした。

おかげ様で心配した程の被害はありませんでした。四十年もお茶を栽培してますと、多少にかかわらず〝霜にはあたる〟ものでして、一株どの面とか線状とか、寒さや風はいたずらをしてゆくものです。

満点だ、私は三月を過ぎゆくある日、今年の天候の具合をほめていました。

山菜の具合も野の花も、おしめりと陽春のなかですくすくでした。

桜も雨でよし、花曇りでよし、花冷えもまたよし、もちろん、五日の日曜日など花見の酒日和で、友人と〝たろべえじゅ〟でお茶を飲んでいると「どの窓からも満開の桜が見える」

などとある作家の島々を桜に置き換えて愛でていました。

やっぱり、今日まで満点です。

満点であったり、不満であったり、それは梅雨《つゆ》どきも、紅葉《もみじ》のときもですが、たぶんあの縄文時代のもっと前から廿一世紀の向こうまで心躍らせながら我々の一つ一つの生は消えて行くのでしょう。

私は廿世紀の後半、四半世紀を、駿河山中の陽春を綴って共有させていただきました。

そのことを深謝しつつ、十年一日のごとくのこの文面で新茶だよりと、させていただきます。

平成十年（1998）4月7日

数日前水車むらを訪ねて戴いた客人から、それぞれ

吊橋の軋みにも慣れ紫木蓮　美枝子

もくれんのうすむらさきのはなびらを食《は》めば我が身に春の香満ちぬ　保子

と、句と短歌のたより。その木蓮も、冷害《さむさ》の傷みで腐《く》ちつつ、花びらが根元に落ちつつあります。

私の新茶だよりはずっと季語のように主語として筍のこと桜のことばかりでしたが、その筍や花からのエネルギーを綴って参りました。が。

その筍いっさいを息子達にまかせて、それが半分以上、農から離れていく　気分にさせて

います。

私はぶらりと山の茶畑をあちこち　方々を眺めてゆっくりしました。

「故郷曇天」と心につぶやきました。

晴れでなし、雨でなし　このごろ　続く毎日の、この曇天を　山河よ　ありがとうの気分で味わって、この曇天が愛しいのです。

平成十一年（1999）

今年は花も若芽もゆっくりのようです。あの年もそうでした。平成五年　七年前です。作家の藤枝静男先生の訃報が届いて、遅い春のたよりを綴ろうと思っていたときでした。

あれから藤枝静男の文学碑　その建立の会が生まれて三年がたちました。藤枝　蓮華寺池公園の一角に生まれました。

命日の四月十六日（日）が除幕式です。碑文は「一家団欒」の一節で原稿からの肉筆です。

〈空からの光ともつかぬ、白っぽい光線が湖上に遍満していて、水だけはもう生ぬるい春の水になっていた。〉

平成十二年（2000）4月16日

私は谷の、山の底のむらで育ちました。

だから夕焼けには縁がうすいのです。きのう水源でもある背戸の山に、近頃ようやく開通した「高尾林道」の長い尾根道をぐるりとドライブしました。そこで南アルプス南麓に連なる大井川中流域の、山波に出現している夕焼けに出合いました。

鮮やかでした。

文章で写生したいと思うのですが、とてもむずかしいので絵画（児童書を含めて）とかTVで眺めている、皆さんの意識のなかに眠っているあれです。

ただその何層にも重なった、遠い遠い、くらぼったい雪がかもす夕焼けの空に、まるで背に刀傷を負ったように、一筋　異様に明るい斜光が走っていました。

何だろう、あの一筋の刀傷は、直感では山の稜線とも思ったのですが不自然です。ようやく、平凡に雲を破った飛行機の航跡だろうかと考えると、少々自分でガッカリです。

夕焼けのあかねの色合いはおゝむね水平っぽい層群が横に拡がってますから、日輪の輪郭だけがまるで一本の筋のように化けてしまった、宇宙の遠大な不思議につなげたい気分をガッカリさせます。

小説では小川国夫が線路のある街の夕焼けを、西駿河湾一帯の、海の夕日を鋭い感受性で写生してます。『相良油田』では、少年浩は若い女教師に「――先生　世界に夕焼けってものがなくて、或る日　急に夕焼けが見えたら……夕焼けが一回しかなかったら、その晩には気が狂う人が出るでしょうね」と。

夕焼け味わい、確実に私は老いてゆきます。

平成十三年（２００１）４月６日

困った、困った。とびきり春が早くて困った。遅霜の心配は本能的にはありませんが、皆さんに新茶の心がまえを、例年より早く準備していただきたい　というお願いが　言い出せにくい。

お茶はやっぱり八十八夜でしょう。

それを今年は、〝八十三夜〟あたりが一番です、と法律でも犯すような、気分です。

心の準備も気ぜわしいのです。

一九九三年は冷害の年でした。私は桜が四月十五日になっても散らないのが憎たらしいと――。

一九七八年は暖冬でした。ちょうど今年のような発芽の育ちでした。四月十八日に大凍霜害に出くわして、約束の新茶贈答缶に、苦しい文面を書きました。新茶にはおねだんの格があるのです。それが狂ってしまった、そのまさに苦渋を皆さんにものんでいただいた　つらさ。そんなことあんなこと　がよぎります。

昔のことを　鉛筆と消しゴムで綴りました。

今日、黒く伸びた筍を孫俊太郎（三才）と掘りました。

平成十四年（２００２）４月７日

野兎の夫婦から　お変わりございませんか。

おとついの日曜日は水車むらの茅ぶき修理。太い針に赤針金（銅）の糸で茅を屋根におさえつける、アテコをするような仕事。その日は女房の煮たキャラブキが美味だったので飯に混ぜて朝、昼、晩飯それだけ。たっぷり。

きのうもクレソンをどっさり茹でて、丼におカカで朝と昼はもぐもぐ腹いっぱい。テレビはイラクの砲声ばかり、新聞にはアトムの誕生日とか。外は重たい程の桜の花の下でウグイスの声。花にはヒヨドリとかモンツキタッター（ジョービタキ）とかメジロ、しきりと鳴く。

八木愛子さんがひょっこり訪ねてくる。長女の四十年前のお雛人形を眺める。官女、も五人囃の童子も髪がさすが乱れてきている。小さな櫛ですいてやらないと　思うだけなのだが、童子はそれぞれ異なったおカッパの変形で結っている。この雛人形の作りは、ゴンの親爺がコマーシャルで言う「雛な様（ひいなさん）やっぱり好光だえなア」。

夕飯は野のネギをきざんでショーユでと思ったが、ネギを酒とオカカとショーユで煮て、豆腐を小さなサイコロにして混ぜて、はじめてお米を喰った。

今朝　こんな風な野兎みたいなことを「新茶だより」に綴ってもダメだと思った。ネタを欲しいばかりに、「その辺の山の中をドライブでもするか」。

小雨。女房を誘って目的地も定めないで、花吹雪の始まった旧村を滝沢↓本郷↓中里↓市の瀬へ、ゆっくり瀬戸川の南下する源流域蔵田まで逆上。そこで本降り。

伊久美川も高根山、ここから西下する。大久保から隣接する島田市旧村伊久美、川口で大井川に合流、その中流域の川根温泉に20キロ北上。温泉が濃いナトリウムが体に染まるように痛いとさえ思う。豊かな湧出量。

花冷えの雨に打たれて露天風呂もいい。カツオ（土佐）すし丼六〇〇　アツカン三五〇ゆで卵五〇　とで千円もいい。

「戦渦があるのに、わたしは幸せに暮らしている」と思った。

平成十五年（２００３）４月９日

身延山久遠寺に満開の枝垂れ桜を眺めてきた。一行は、昭和二十七年の三月に志太郡瀬戸谷村の第一中学校を卒業した仲間。

八十五名、うち物故者九名、終戦は国民学校三年の世代、山村故に直接戦禍をこうむることはなかった。運良く生き延びたことを感謝。参加三十六名での桜見物。身延山は隣県でも最も近しいのに、桜は筍掘りには縁が遠かった。なのに上手に写生の作文が書けない。すごかった、すごかった、酒コップに花びらが浮いたゾ。

むしろ写生は、前日駿河の雨は関東山寄りは春の雪、湖面標高九〇〇メートルの本栖湖前方は雪の大富士だったので、湖の藍色と山は白で天は空色の三色だけの絵。

身延山は日蓮、日蓮宗につながり法華経とも……久遠寺は総本山。宮沢賢治の年譜には、十八歳で妙法蓮華経に感動してはじまる宗教活動とある。身延には詩碑もある。たまたま四月十日、常葉学園大の竹腰先生の講演は宮沢賢治「無声慟哭、永訣の朝」。先生は「春と修羅」のこれら妹とし子病死の詩を涙を流して読んできた、と告白。

私にはそのような豊かな感情がなかったと自省した。ましてや法華経はむろん宗教教典の類を殆ど手にしてこなかったと言う無関心、無学、だめでした。

ゆうべ新茶だよりを綴ろうと決意した、したがって女房に誘われた新茶の手もみ茶見学を止めた。しかしずるずるとハイビジョンの六時からの「新撰組　京への到着」、ニュース、日曜シネマ「レ・ミゼラブル」（実は二度目）、星空のロマン「遠くにあり手にっぽん人」オマーンと、十一時まで。ラヂオ深夜便。女房の持参した手もみ新茶をいただく。……あまい、後悔することしきり。宿題をさぼってしまった、だったら手もみ茶見学の方がはるかに香りのする作文が出来ただろうと。今朝その住田さんお茶畑「さえみどり」と葉梨の杉村さんの新築の茶部屋へ女房に案内してもらったけど……夢のあと。


（四月十二日記）平成十六年（２００４）４月５日

正月明けから　素人のくせに　大工仕事を、いや小屋の組建てをやった。
知人から　紅茶の中古の蒸凋機をゆずり受けたので、その小屋づくり。小屋と言っても十坪総二階だからボロばかり目立つ。
大工さんのイロハである直角、垂直、水平というのが定まらないで狂いが出る。するとやっぱり中古ながら、戸障子がうまくはまらなくてすべらない。

しかし自慢もある、景観がいい、小屋は川向こうだから、林道側からだと、桜は咲くし、夜景に古障子も映える。それに機能的だ　働きいい。

総ヒノキ造りもいい、山から樹を切って四寸角の通しの柱や梁、床板は五分。

もう一つのイロハ、ノミ、カンナ、ノコギリを使っていないこのチェンソー工法が何故自慢か綴ると、解体リサイクルできる？

少々痩せ我慢の言い訳か、要するに腕がないのでボルト締めの組建て。

そうだ、予算の安上がりとこの仕事に私はのべ三〇〇時間も熱中でき、爺さん仕事をした。

そのはげみが実に充実していた。

我田引水、謙虚な言葉はなんにもないナ。

つくづく困った爺さんである。めでたい爺さんである。

平成十七年（２００５）４月

臼井園　杉村孝野外石彫展（第１回秋の催し　１９７２年）

石を彫り続けている畏友、杉村孝兄の作品を展示します。

彼が滝の谷の入口に風変わりな仕事場を創ったのは、まだ寒い頃でした。

私はたけのこを掘り、お茶を刈り、早生みかんの出荷をはじめました。

杉村孝はノミを打たいて暮らしました。

谷霧につつまれた、うぐいすの鳴く山間で。

寝太郎みたいな小屋で、蕗をつまみながら。

清流で村の子供達と水遊びをしつつ　創りあげた。

荒野の草木のなかにある石仏の荒涼とした静謐
野菊と在る　村はずれの地蔵の　可憐なあたたかさ。

石彫はコンクリートの美術館や蛍光灯の画廊とは無縁のものだ。

石彫のかもし出す、量感と空間を　根源的に追求する作品展として。

私ども臼井園は今も昔も　変わりばえしない　山の中の農家です。

この土地に育まれたお茶を、ご縁のあるお客様にごひいきいただき、石心と茶心のつながりのようなものを談笑の中で　みつめる。

潤色愚老日日

いまを説明できないけどとにかくいままだ生きてる

36年　爺さん五十四　父二十七　私生
63年　ここ駿河の山家で祖父死八十一　息生
89年　父八十一で死亡　私五十四　息二十七
二度あることは三度あるようだ
17年　私享年八十一　すると七、八年先のようだ

昔も「いま」がやたらとあった
前の家の婆やは
――小僧がヨタカで困ったもんだ、ヨタカの野郎がそこらじゅう小綬鶏がやかましい程鳴いた
祖母は
――丹精したミカンが安くなって可哀相だヨオ
秋の夜ぴて　いちめんの草むらで虫達は合唱した
隣のおばばは
――わしらん嫁っ子は困ったよう　コツパズカシイ
蛍を捕るような器用な芸はなかった
婆やも小僧も祖母も私もおばばも嫁っこも
それぞれのいまだった

いまは消える
亡くなるものでそのいまはもう無い
しかし　確かにいまがやたらとあって
とりわけ婆ややおばばはふびんだった

老爺の日日の守り役は　テレビと新聞
いや逆でテレビ人や新聞人に
面倒をみてもらってる
この安逸をむさぼっている
〈幸せだなあ〉
と他者から声が届くと
絵に画いたような愚老に
ちょっぴり痛みは走るのだが
この先七年か八年のいまを
たっぷり幸せをいただいた怠惰《たいだ》の罰《ばち》として
老いの病魔に耐え
世の惨劇を受容できるだろうか

『静岡県詩集』第二十一集　２００９年１月

『滝の谷紅茶』詩も田もつくれず（二〇一六年〜）

のうこうみんのおしまい

せっきじょうもんのいにしえ
たみのくちすぎは
ちょうじゅうごろしのしゅりょう
きのみくさのみ　かけずりまわって
うみかわさかなひっつかみ
こぜりあい　いがみあいしろくじじゅう

そこにようしんから　のびたほに
はなのすずなり
はなのかじつはこめにみのった

やよいのうこうのおおむかしから
ついせんだってまで
たみはねんぐまいをみついできた
くろうくしゃば　ききんちょうさん
ねんぐまいはいくさのたね

やよいのよのなか
やまのなかのくらし
ひえあわ　そば　ののくさ
こめをくいたい　たなだにたんぼ
わなしかけのりょうしのくもすけは
おおいがわかわっぷちどてづくり
やぎえもんさんのかいでんかいたく
すみやきのむすめはあべかわ
とろのむらへうられ
じょうもんじんのまつえいは
こめのみのるかわしもへ
つちをほじってそのさき

がんせき　どろみず　もえた
おくまんねんまえ
たいこのせいぶつが
まいぞうされていた　かせき
ちえのあるたみはそれをどれいのごとく
どれいはひになった
どれいはばくはつした
どれいはちからしごとをした
ちえをかさねたからくりが
どれいはきかいにばけておおさま
おおさまはたべものにもばけた
せんそうもうみをこえ
ほうねんまんさくうみわたり

きかいはたまてばこ
ごこくまんさく　ぜにならない
ゆたかさへのあがき
どこもかしこもつとめにん

やよいのうこうのまつえい
おれたちはおいた
おれたちはこうさくほうき
さいばいほうき
さんやのほうき
たけやぶやぶやぶやぶだらけ
たべものほうじょう　のうこうほうき
たがやすなりわいをすてて
つとめにんだらけになった
あっちはじいちゃんばあさん
こっちのうちはばあちゃんぽつり

のうこうみんのまつえいは

おてあげおてあげ
まいったまいった

るいるいのしかばねこえて
もったいない　よになった
せんそうほうき

『農事組合法人通信　滝の紅茶』第３号　２０１６年１月

おちゃさま

けいこくけいりゅう　しがみつき
くねってのたった　かわのつまり
どこからどなたか　くいつめられて
せっぱつまった　いちぞくろうとう
ふんどししめたかくごで
ひあたりすこし　てんじょう　せまい
たきのやがわのげんりゅうぐらし
げんせいりんの　やじゅうのすみか

いっときみずの　かわすじさけて
やまのねっこに
しばきりしゅうが　いおりをむすんだ

どなたのせんぞもかんなんしんく
なんじゅう　しぶしぶ
ねんねん　くいものやりくり
としごろ　よめっこやりくり
やきはたすみっこ　ちゃのみをまいた

そばひえ　いもるい　たんせいしても
さるしかいのしし　くいあらし
しんぼうしんぼう　おてんとさま
ちゃっぱをくわえて　くさじるたらし
なつくさ　はびこる　しぶしぶちゃ
ぼそつく　あめあめ　しぶしぶちゃ
やまなか　いのなか　かわずども
きゃあるがなくんで　あめずらよ

あしたもあさってもあめずらか
となりびゃくしょう　ごにんぐみ
ちゃちゃ　ちゃばたけふやして
ぽつんぽつんと　やまばたけ

ちゃちゃちゃ　せんじちゃ　せんやく
はなはましろい　きのおしべ
かんぷうこごえて　はるをまつ
やまざくら　やまふじ　のでわらい
おちゃのめうごめき　しんめそだち
わかばのおうさまぜんとして
なまっぱくらう
こうちゅうしぶく　だえきひろがり

しんちゃつみとり
むらして　むしろのうえ
もんだり　よったり
ふんずけ　たたき

ぱらぱらかぜとおひさまなびかせ
せんじてのむと　しぶしぶひろがる
ちゃちゃちゃちゃ　ちゃじるくさじる

こめなしむらに　ねんぐとりたて
おだいかんさん　とりたて　とりたて
ちゃねんぐ　やかまし　ねんぐちゃだ
げろげろ　ころころ　たまのあせ
おちゃつみずらよ　おちゃつみしゅう
とせい　しんぼう　けろけろちゃ
ねんぐとりたて　しぶしぶちゃ

とせいしぶしぶ　ねんぐなんじゅう
ねんぐとりたて　しゃくようもうし
ごにんぐみしゅう　しょうにんで
ちゃばたけていとう　しゃっきんしょうもん
せんじちゃ　しぶしぶ　しぶしぶちゃ

＊シバキリ　集落の最初に住み始めた家

おちゃさまのむら

むかしむかしの　やまぐらし
すみやきしないと　くいっぱぐれ
やきはた　サトイモたんせい　ソバヒエアワ
ダイコン　たっぷりほして　たくわんおけに
わなでしかけた　イノシシも
かわのザッコも　なべのなか
いかさず　ころさず　うきよの　さだめ
ねんがらねんじゅう　ひまもなし
ねこのて　ばけて　ゆめにでる

＊＊北原白秋作詞　ちゃっきり節の一節
『農事組合法人通信　滝の紅茶』第４号　２０１６年４月

うまれたからには　はだかはごめん
はたおりしても　つぎはぎだらけ
やまから　ふじつるとってきて
しっかりゆでて　にたてて　たたく
かわから　ほそい　いとづくり
のらぎはもっぱら　じょうぶなふじづる
きたきりスズメ　どうぜん

あめつゆしのぐ　すみかのこやがけ
ごにんぐみしゅう　たすけあい
かやのくさかり　やねがえも
じじいとばばあの　なきがらしまつ
とうさん　かあさん　まくらがぬれる
きつねのよめいり　まねかれた
とせい　しぶしぶ　しぶしぶちゃ
ねんぐとりたて　ねんぐのくめん
となりぐみしゅう　せきにんうけおい
ないそでふれぬ　ふところぐあい

しゃっきん　ていとう　ちゃばたけを
とちのうりかい　ごはっとむよう
ぜにになるきだ　おちゃっぱだ
タヌキがおどる　*キツネっぱ

むかしむかしのやまぐらし
となりびゃくしょう　ぬけめない
にんじょうとやらは　あってなし
でかせぎ　せかせて　ぜにかせげ
きのくにや　ぶんざえもんが　まっている
おおいがわの　やまおくで
いかだながしは　いのちがけ
かぜのたよりか　カラスがさわぐ

つちのかみさま　おてんとうさま
なくになけない　くろうはたえず
おおかみ　あかごを　くいちぎり
はやりのやまいが　さらってく

まびきのはなしは　やみのなか
かせぎにおわれる　ないないぐらし
じきゅうじそくも　えそらごと
ねんぐとりたて　ぜにがいる
しおやら　なべかま　のこぎりも
やまおくぐらしの　うりものは
すみ　まき　こびきのひいたいた
せなかにせおって　さかみちやまみち
にばしゃの　うごく　むらざとへ
あさめしまえのひとしごと
かけずりまわって　もくもくと

おちゃのは　たんせい　はっぱをむして
てより　あしもみ　てもみして
おてんとうさまとかぜまかせ
ちゃつぽに　たんせい　つめておく
とらぬたぬきのかわざんよう

てんかたいへい　ねごとのはなし
ぼんとしょうがつ　はるあきまつり
ほねはやすむも　きやすめならず
かまどのえんとつ　すすだらけ
あっちこっちで　あまもりしてる

むびょうそくさい　＊＊じのかみさまねがい
ねんがらねんじゅう　いのっても
カラスばっかり　ないている
はるからあきまで　うぐいすは
ホー　なんみょうほうれんげぇケキョ

＊キツネっぽ…お茶の蔑称、お茶は化け物。
＊＊地の神様

『農事組合法人通信　滝の紅茶』第5号　2016年8月

やきはた・ちゃむしさん

やまみちはマムシのほごしょく
きづいたのか　じっとうごかない
とっさに　おさえつけて　かわをはぐのだと
あたまをおさえる　ぼうきれをひろう
こしなたで　くびねの　かわだけをきるのだ
おれは　むしに　なったようだ
茶虫は　まよって　なたをふりおろす
マムシをよっつ　いつつに　たたききる
マムシは　つちまみれ　ちまみれ
あたまだけのマムシは　めんくりだまで
ちゃむしをぎょろっと　にらみつける
おんねんがみなぎっている
かつてちゃむしは　マムシのないぞうから
ピクピクとうごいている　キモをちぎり
いくつも　のみこんだものだ

そのとき　マムシの　かしらあたりから
りょうて　りょうあしがはえてきた
マムシのばけもの
おきあがってくる　たちむかってくる
いっぽ　にほ
ちゃむしは　きを　うしなってしまった
ちゃむし　いちばんちゃの　おちゃつみに
ちゃやまに　たどりつくと
しんちゃは　いちめんきえている
ちゃかぶは　いちめんはいだらけ
やけあと　がっくり　がくがく
ちゃかぶが　ぜんぶ　にげちゃった
ちゃねんぐ　あてがはずれる
かがみこむと　やまの　ねっこに
あめつゆしのぐ　くさやねのぞく
ひとすじ　けむりがたってる
とぼとぼ　いえじ
ちゃっぱをまってる　ちゃかごからっぽ

ごにんぐみしゅう　ひょうばんききつけ
―こまった　ふしぎだ　とんださいなん
―いつのまに　やけちゃったずらか
―やまにケムリは　ついぞみかけぬ
あたまをならべて　よじってる
―やまは　うっちゃって　おけん
―*はるやぶだ　おくてのひえのたねだ

「ひゑは五月中頃迄、蒔も植えもするなり。夏作には灰に不浄をまぜ、干かわかせ。ひゑは土民第一の食物なり。臼にてつき、実を取る、雑穀に合し、食にもたく、かゆにもにる。味よきものなり」**

―ちゃかぶもねっこも　ぜんめつずらか
―なになに　そのうち　おしめりが
―めはでてくるさ
ちゃむしさん　ないている
ちゃむしは　むらのむかしのごせんぞさん
おさなく　とうさんかあさん　なくし

じいばあのてで　なきべそそだち
こぞうのころは　ゆうぐれせまると
やまのてっぺん　木霊をよんで
「トオさん　あいたいよう」
「カアさん　あいたいよう」
くるひも　くるひも
ちゃむしさん　なきむしさん
「トオさんに　あいたいよう」
「カアさんに　あいたいよう」

＊　この地方での焼畑の初年度の呼称
＊＊「百姓伝記」江戸中期の東海地方の農書（東洋文庫）

『農事組合法人通信　滝の紅茶』第6号　2017年1月

かぞえきれない・ぼうれいが

あわのみのった　やきはたで
こしびくつけて　ほをつんでる
こぞうのびくには
おちぼをひろいあつめたみたいに
たまっていない
ばあやが　のぞきにくる
—のろのろ　のろまのしごとだ
—おまえはひとなみのしごとができん
くりのはやしで　くりさがし
せっせせっせと　かけずって
まともなくりは　たまってこない
こぞうのびくを　じいやがのぞく
—むしくいだらけだ
—めはどこについてる

あめのなか　じいやが　ひがしのやまで
みのかさ　ぬれしょぼって
ひのきをうえた　やまのくさかり
かわぎしでは
すすきかるかま　いしにぶっつかる
よろよろよたつき
ばあやのみのも　たっぷりみずっけ
こぞうは　あめのなか
とうさんのなやへ　いそぐ
かわいたみのをひっぱりだすと
ひがしのやまへ
じい　からだがずぶぬれだぞ
—ここまでぬれたら　あせもあめも
—なに　うごいているで　ちょうどええ
やまぎりが　たにすじにうごめてくる
のうむがこっちに　せまってきた
じいやとこぞうのすがたは　かくれた
かわぎしで　くさかる　ばあやに

しんぴんもってきたで　かえっこだ
―ありがとさんよ　そこへおいとくれ
そのくさはどうするだ
―うまのかいばだ　こやしにもなる
―ちゃばらにこやしを　はこぶだ
あめはどしゃぶり　ぞうすいだ
みるみる　はんらん
ばあやとこぞうの　すがたはない

くるひもくるひも
となりのとうさん
やしきのいわを　くだいてた
やしきのいしがき　つんでいた
つきのよばんにも　はげんでた
となりのかあさん
よなべは　どまで　わらたたき
きざみたばこを　はっぱでくるむと
いっぷく　ごほんごほん

けむりにまかれて　きえている

こぞうのうまれた　やまのむらには
すみやきやまの　はやしがあった
あっちのだん、こっちのくぼに
ちゃばらもあった
やしきは　どこもかしこも
いしがきつんで　たいらにひろめ
おちゃさま　おかいこさん
かぞえきれない　せんぞたち
いしがきの　いしのかずだけ
ちゃばらにまいた　ちゃかぶのかずだけ
ぞろぞろの　おかいこさんたち
しんぼう　きがね　なきねいり
こっそりばなしも　みっつやよっつ
はかばにはこんだ　やみやらあかり
かぞえきれない　ぼうれいに
もやがかかって　かすんでしまった

しょうてんしたはずの　じいさん
おまんま　でんきのぎんしゃり
とうゆのへやで　こたつにもぐり
ふろはひねると　おゆがわく
おちゃは　じどうはんばいき
コロッとつくる

ちゃ　ぼ　ぼけちゃったかナ
おちゃさまは　きゅうす

『農事組合法人通信　滝の紅茶』第7号　2017年4月

ちゃじるのいのち

そらのほうから　いなづまが

ずきずき　からだにしびれ
もぞもぞ　むしのしらせか
そらとむこうのやまなみ
むらのきょうどうぼちのあたり
やみよにちょうちん　おいでおいでとゆれる
そろそろおむかえのころあい
やれやれ　ぎりをかくのも
ちょっくらいくほど　めでたくはないが
おぼえのないみち
のをこえ　かわをわたり　おくやまこえて
いつのまにやら　まよいみち

のまずくわずの　ゆめのなか
そらのほうから　おつげがあった
おまえさんは　つゆのばけもの
てんには　ほしがさえていた
あしたはつゆに　ばけていた
まわりのくさも　つゆびっしょり

おてんとうさんが　かんからすると
じょうはつしたのか
じめんにおちたか　きえていた
きょうは　あめのしずくでおちてきた
しっぽり　はっぱをぬらし
じめんにそのまま　のまれてしまった
くうきがひえて　つゆがうき
じょうはつすると　くうきになった
きかしたくうきをすって　いきをした
いきをしながら　はたらいた
おちゃかりすると　あせみずたらし
ちゃじるすすって　いきのびた

くさつゆ　くさじる　ちゃじるにばけて
ちゃじるのいのち
すすけたけむり

『農事組合法人通信　滝の紅茶』第8号　２０１７年９月

はちみつ　しおから　こうちゃ

こうちゃをつくる　ちゃごやに
はっぱ　はっぱが　どかどかくる
しおれるはっぱの　よれよれぐあい
しんけいひねる　きかいがうごく
きがきでなくて　きがやすまらん
はらがへるのか　へこたれて
くいもの　なかなか　うけつけん
はっぱも　からだも　よろよろ　よれよれ

ひるぶろにとびこむ　ためいきばかり
ふろのなかに　しずんでいく
めをつむりつづける　めのおくに
みつばち　のばなにもぐり

うみのなか　こざかなのむれ
かつおが　ぱくついて

ふろからまっぱだかのまま　かじりつく
はちみつを　おおさじでなめる
こうちゃを　すする
もっぱら　はちみつを　なめおわると
しおからを　てのひらでなめる
こうちゃ　どくどく　のんで
おれのへこたれいぶくろ　ないぞう
ゆるりと　うごめきはじめるけはい
みつばち　いちぞく　いちぐん
はちのこ　さずかる
じょおうさまは　たったいっぴき
たねつけ　おすばち　にじっぴき
とびたち　てんくうのまじわり
おすばち　いっせい　はやいものがち
いちばんで　とびさかって

からだの　おもみで　ひきちぎれ
そこでおうじょう　まっさかさま
ちぎられても　ちぎられても　いれかわり
おうさま　めがけて　つるんでらっか
じょおうさま　たっぷりのおすのせい
せっせせっせと　たまごをうみ
たまごがかえると　ようちゅうに
こそだてみつばち　えさやり　せいちゅう
のやまのはなみつ　ふくろにたくわえ
それをはきだし　すいだし
みつつぼたっぷり　ためこむと
はちやは　ごっそり　ちゃっかり

もりのおくから　うみにたどった
ぷらんくとんわく　ものがたり
かつおのたいりょうほうねんで
かつおぶしやから　しおからやに
はらわた　ぞうもつ　どかどか

かつおのないぞう　はっこうあんばい
みつばちやまの　そうどうも
しおからまでの　みちのりも
よれよれやみの　ひやく　せんやく
はちみつこうちゃは　せんねんまえ
しょからこうちゃは　だれもしらない

『農事組合法人通信　滝の紅茶』第11号　2018年8月

ねたろうのおばけ

ころりと　だましたいわけでも
おおっぽらをふきたい　わけでもない
ぼんくらあたまのちえで
そうばやようきと　すもうをとっても
まんまと　じぶんにじぶんが　だまされっぱなし

それでもじぶんを　おだてたりして
ほんとうのことは　やみからやみのはかばいき
ひとまえで　あかっぱじをかく

たまたまいろりにかけてた　チンチンのてつびんを
とだなのなかにかくしたとき
まちの　ちょうじゃどんが
ドカドカと　あがりこんできた
さっそくとだなのてつびんから　ちゃをすすめると
—おおお　ねたろう*
　そのてつびんをおれにゆずってくれ
もそもそ　あたまをひねくりかえしていると
—ひゃくりょうで　どうだ
めっぽうたかく　うりつけてから
おかっぴき　うろうろ
おたずねもの　くもがくれ

ねたろうの　おばけ

おれのうちの　じのかみさま　あたりうろうろ
ときにはなんどあたりにひそんでいる
ふとんのなかにも　もぐってくる
ゆめのなか　あるいてあるいてとなりむら
むかし　しばいなかま　じいさんの
うらのとぐちどから　はいっていく
―いきていたのか　しんだとおもってた
よぼよぼ　よたよた
―ええかげんに　じしゅしたほうがええぞ
むらはしんみりこず**んじゃった
―まるっきり　ひは　きえそうだ
こどものさわぎごえはないし
―むらのしゅうを　だましまくって
むらづくりのことか
―みかん　ざいもく　ちゃばらまで
つくりをうっちゃってるナ
―じしゅしたほうがええぞ
おれはしめいてはい　されているのか

―ねた　ねたのやろうだ

おたずねものの　ねたろう
やせても　かれても
おばけでも
じしゅだけは　まっぴらごめん

＊木下順次「三年寝太郎」
＊＊こずむ　偏む（広辞苑）静岡の方言で「沈殿する」

『農事組合法人通信　滝の紅茶』第12号　２０１８年12月

うばすてやまのようき

はやしのなかで　つかまってしまった
しょうたいふめいの　かしらのもとで
みえない　わなにからまり

せっぱつまったけはいで　おびやかされてる
みうごきがとれない
なんにちか　すぎると
かしらの　おつげがあった
かってににげろ　ゆきだおれだぞ
のたれじにでも　するがいい

あんちゃんのあとを　あるいている
けもののみちをゆくと　やまみちにでた
のぼったり　くだったり
たにすじで　いっぷくした
みずがかわいたからだにしみた
おれははらがへって　へこんでいた
あんちゃんは　たきびをはじめた
*はいのうから　むすびをひとつ　くれた
しめっぽいところのいしをあげると
あかいさわがにが　うごいた
くりかえしていると　さんびきもごひきも

―やいてくわずよ
〈あんちゃん　かしらはどこのだれだ〉
―かしら？　そんなものはしらん
おれはわなにかかってみうごきがとれんけ
―やまのなかにうずくまってるのを
おれがたすけてやったじゃないか
―じいさんのあたまはどうもおかしい
―おれはやまいもを　さがしにきた
―ぼけてるのか　くるってるのか
―やまのむこう　ひとやまこえると
―おれのばあちゃんのうちがある

はやしのなかの　さかみちをたどると
むこうのやまの　ちゅうふくに
ちょこちょこ　やねがみえた
かれくさだらけの　だんだんばたけ
こうばい　はくばい　ちらちら
―もうひといき

ばあちゃんは　むしろのうえで
きのこをほしていた
―ばあちゃん　かえった
りすがきのこを　かじってこまる
そこの*ぶしょったいじいさんはだれだ
―やっかいなにもつを　ひろってきた
―もうろくしてる　やまでまよってた

ばあちゃんは
おじいさん　*すいほろおけに
みずがめから　くみいれておくれ
*もしものは　うらごやにある
ばあちゃんのめいれいにしたがった
*へそがまにひをつけると
ねこがでてきた
みにつけてる　こぎたないものを
ぬいでさ
ゆにはいって　あかをおとすさ

きのこをやいて　みそでごはんをおたべ

めしがうまくて　うまくて
ふとんのなかで　ないていた
ふとんのなかで　ばあちゃんは
おじいさんは　ぼけてしまったのか
やまいで　あたまがおかしくなったのか
〈ようきが　くるってる〉
ホッホッホ　がく*があるみたいだ
ここは　むかしは　うばすてやま
いまは　ええようきだ　おたすけやまだ
あしたは　とうふやも　やってくる
おれに　ちのけが　めぐつてきた

あさ　あんちゃんは
―おれはきょうからでかせぎにいく
―かしらにみっちりしごかれてくる
―じいさんのこと　やくばにとどける

はいのう＝背囊＝背に負う方形のズックのかばん　ぶしょったい＝方言で不潔
すいほろおけ＝木の風呂桶　もしもの＝ねんりよう、まきなど　へそがま＝銅で
できた滝口が風呂桶の内部にある構造　がく＝学

『農事組合法人通信　滝の紅茶』第13号　2017年4月

めざめると

ねむりから　めざめると
ここはどこ　しばらくきょとんとして
けいとらのにだいで　ねむってしまっていた
なつふどうさんの　おまつりで
ちょっぴり　びーる
からだのおきばしょが　なかったっけ
にだいにごろりと　からだをたおした

だれかが　はなしかけてくるわけでもなく
だれかに　はなしかけるのもおっくう

ねむりからめざめると
だいどころのいたのまで　ねむっていた
いまなんどきだろう　とけいをのぞくと
じゅうにじ
てっきり　よなかのじゅうにじだと
おもいこむ
ものぐさに　じょうはんしんをおこすと
おかしい　まどのそとはあかるい
まっぴるまのようだ　なぜかわからない

めざめて　ここはどこだ　じかんはどこだ
うたがうあいだは
いきている　しょうこだとおもうのだが

くるまのじょしゅせきで　きづくと

とんねるのなかのようだ
―ここはどこの　とんねるだ
あいぼうの　うんてんしゅは

さっき　いりぐち
ごせんめーとるだといったじゃん
―そうか
ほやほやの　*ちゅうぶおうだんどうか
ちょっぴり　ねむっただけなのに

めざめて　きづくのだが
いつか　とんねるに　はいったままに
なってしまうと

ねぼけてめざめる　このごろを
としよりこどものような　しをつづって
むぎわらぼうしで　おぼんのむらを

とぼとぼ　あるいて
ながれるみずは　いしにくだけて　ざわめき
せみしぐれが　たにまをうめて
みんみん　しゃー　みんみん　しゃー
もまじって
ひとかげのない　むらを
よろよろたどりついた　せんぼつしゃいれいひ
どっこいしょと　だいざをよじのぼって
はちはしらの　ぼひめいをなでている
しのおしまいを　みえをはってむすんでいる

ゆめをみているわけではない
よろずのかみさまが　ざわめく

＊中部横断道　清水―富沢間

『農事組合法人通信　滝の紅茶』第14号　２０１９年８月

臼井園『新茶だより』

２００９年（平成21年4月7日）

あたたかな日々です。陽春です。

四月の日曜日は、それぞれイベントが各地にあって、じいちゃんは「小川国夫没一年墓前の集い」の方へ、ばあちゃんは藤枝の「献茶祭」。

息子たちは筍の出荷ですが、老人組は先人を偲ぶ思いの方へ。

「献茶祭」には私も少し桜の「蓮華寺池公園」ですので出掛けたのですが、茶の先人達への記念碑があって、市内のハウスものですが、新茶の献茶、奉納。

市史研究家の先生が発見された明治六年のお茶の仕入台帖の滝の谷村の所を見て、私の献茶祭りは滝の谷のお墓を訪ねて、この名前は現在ではどこの家か探したものです。半分ほどわかりました。この頃の滝の谷は戸数23戸前後？　私の家は欠二名のうちどちらか、この福井久左衛門さんに出荷しなかったのかどちらかです――。この件など「水車むら通信」に〝滝の谷こと私ごとなど〟（一）として書きました。お茶と一緒に送ります。

２０１０年（平成22年４月20日　新茶だより第二信）

相変わらず不順です。おろおろしています。

四月十九日、静岡茶市場初取引を早朝から見学に出掛けました。初めて川勝知事の肉声に出合ったり、ＴＶの地方局アナを眺めたり、八百人も。

話題は「三、三〇」大凍霜害でした。県内物前年比八分の一の上場が物語ってるように……南九州からはドカンと上陸してきてました。

この週末も寒さの予告。先週茶人時田鉦平氏は「二十度日間欲しい」と。

四月に入って最高気温二〇度の日が二十日間積温があれば茶刈りができる。

ぼつぼつこの瀬戸谷路も連休の頃からひろい摘みはじまる感じ、「やぶきた」です。やぶきたでないと味に深みがないと思うのです。

〝不透明感〟本年の茶はどのような味と相場回転がなされるか――。

今日あたり九州、kg底は二千五百円が散見されます。ちなみに皆さん八十八夜１００グラム５００円をコンビニあたりで求めて下さい。（品種ゆたかみどり主体）濃いあざやかなというか不気味な程のグリーンと渋みの強さが――。

申すまでもなく茶色の語源はお茶の酵素の色、茶染め色は茶の色です。

この駿河路で三百年の生業の血が、このような偏見を綴るのでが。（４／19夜）

２０１１年（平成23年４月13日）

寒い、さむい初春《はつはる》でした。

とりわけ、東日本大震災の三月十一日以降は雪のチラチラ舞う被災地。三陸のＴＶの映像でした。おきのどくだネェ　近所のおばあさんの言葉が気になって「気の毒」だとか「可哀想」を探したのですが、私には言葉もない私の貧しさ知るだけでした。おぞましいとさむく心にひびきました。

一方フクシマ原発の方も首長が〝安全を信じていた〟とほんとうのことか、ほんとうだとするとやっぱり寒気がしてさむい。

原発のとりあえずの安定、ポンプの稼働ですが、夏すぎても無理で……。

ゾットすることを話すのはタブーで、人々を暗くします。

放射能のこれからの量とか国費による保障費とか。

私達は電気を大切に使って電気料金の二割とか三割アップとかはがまんして欲しい。種まくことのできない農家とか移住しなければならない人々のことを考えたらやり抜きましょう。原発値上げですが、それは、原発を十年二十年かけてやめていく脱原発の脱原発を政策をマニフェストをかかげた政党が多数を占めることですが……。

六十六年前のヒロシマの体験は武器の製造と輸出を表むきやめました。今度のフクシマは原発の日本での増設を止める。研究とか輸出は……。

タブーが多いけど。運が悪かったダョネ……いくつもこの言葉であきらめてきました。

自動車事故も……私は集中豪雨の災害を近隣で知っています。

大量の雨が集中すれば、私の裏山だってくずれてきます。どこの山間も、いとおしい　かけがいのない生命を運が良くなるように、大切に、ご自愛の程。鉛筆をナメテ書くトシになりました。（太衛75歳　五月に）

2012年（平成24年）

二日、春の嵐が列島を貫きました。近くの樫が倒れて宵の口から停電。通電は三日の夕刻でした。七、八分の桜は寒さにも強いが強風にも強い。その頃、丹波の知人が盟友が帰路の訪問。予定の計画ずみでしたが、おじさんとおばあさんの三人は早朝の早朝から車で動きはじめました。

湖西道路から県境、府境を越え、大原三千院の境内を散策ののちおばあさんちの聖地？TVのベニシアさんちあたりをウロウロ。

車は丹波高地をくねくねと峠やら谷筋を林道のような府道なのか国道らしいのだが、集落はないし、雪は残っているし。

おじいさんは北山杉を彷彿させる美林を林業もかじってきたので、枝打ちの手間をかけた育林の連なりを山腹をゆれながら半覚半眠で感心ばかりしていました。

心配しないで下さい。なんと雪のくねくね林道はおスミおばあさんが運転でした。おしまいの峠、由良川水源域あたりは除雪車の痕跡である雪の壁が残っていたそうです。

そこから山道ですか由良川流域を南下？　西下する。やっぱりくねくねですが、休憩は二度程、トランクの滝の谷の茶と急須とポットの熱い湯であたたまったり放尿したり。

美山町のかやぶきの里ではお善哉をいただきました。

綾部からは舞鶴若狭自動車道で京丹羽から丹羽市春日（兵庫県）そこが友人の宿、ここ十年で四たびもやっかいをかけました。

翌日五日はもっぱら高速道、但馬、山城の雄竹田城跡にうなった。その資であった生野銀山の鉱跡のくらがりをくぐった。

山陽道で桜に出合った。備前まで（倉敷）そこが宿。

倉敷の桜は三日前の滝の谷、帰路宝塚で案内役の丹波のおばあさんを捨てて駿河へ帰路。満月が印象。七〇時間の旅。

七十代、八十代で八人。臼井園を支えていただいた中軸の族（輩）くつろいだ後、父祖の地を訪ね、そこも満開。なぜか桜は妖艶である故に、生者累累、一族累類、死と重ねて人々は語る。

私はどこからきたのか解らない。近々おむかえがくるじいさんの作文は恥ずかしい。空元気に酔っているようで恥ずかしい。

九日十日とお花見陽気でした。きょう雨に桜散りはじめる。（4／11）

２０１３年（平成25年）

今年の滝の谷は何か狂っている。桜が咲かない。花がまるでない。いつもの二分の三分しか花をもたない。そのまま散った。川面にも桜の樹の下も、だいたい花吹雪がない。

ソメイヨシノの無惨な姿にはじめて出合った。反対に山のヤマザクラは豪勢で、だいたい照葉樹林帯では椎（しい）や樫（かし）が一年中青山をのさばっているのにまさに〝山笑う〟。こんなに沢山のヤマザクラが混じっていたのか、この異常も始めて出合った。まだ花をつけている。

狢（むじな）の穴から夕暮れ西の山に農道を登った。尾根へ。

夕陽の沈む頃駿河湾のこと、伊豆半島のこと、富士山のことなど伝言したくて静岡県の地図をざっと画いた。

地図の×の所で暮らしている。狢を辞書で探すとアナグマと異称。混同してタヌキをムジナと呼ぶ。この二つの意があるのだが×はタヌキのヘソのようで苦笑している。

本題にもどろう。今日、四月三日は朝からシトシトの雨でした。夕近く晴れわたっての山行きでしたが、滝の谷のてっぺんの尾根（標高だいたい四〇〇〜四五〇㍍）からくっきり伊豆半島が山々がどっしり大きく見えました。

駿河湾もしっかり海であると主張して翠（みどり）がかった鮮麗な群青色（ぐんじょうしょ

く）の広い帯でした。

富士山は東南側、中腹にある宝永山寄りしか見えないのですがその裾から山頂までたっぷり雪をのせていました。実は今年の三月上、中旬のバカ陽気で富士のお山の雪は山頂近くまで雪が消えた。この珍現象もまた静岡のニュースでしたので、はじめは疑う程でしたが、きのう二日の雨模様から今日午前中にかけてのしっとりとした雨は富士では大雪だった。と明日の新聞で確かめたい程だ。

私ごと本年五月をもって喜寿になります。無理すると片方の膝は痛いし呼吸もいそぐのですが、ケチですから医者にも、薬も飲みません。濃いたっぷりの緑茶だけは煎じ薬だと思ってガブガブやってます。女房もますますしっかりしていて、私は何かと負けてばかりです。ムジナのことを書きましたが×つまりヘソを出してまいったまいったというこのごろ——。この程度の老いた人間ですが、ごえんいただけたら本年もよろしくお願い致します。

（4／3　深夜）

2014年（平成26年）

寒い冬がしっかり、たっぷりあって、とりわけモクレンの花の開くのが遅かった。桜は平年にもどった。モクレンが早いと、とりわけハクモクレンは寒さに弱いので痛みですぐ汚れる。落下するとそれが好きでなかった。

桜が昨年貧相だったので、今年は重たいように野を飾って、その後ろに紫モクレンが影をのぞいている。そのコントラストが見事だった。実は紫モクレンも早春を汚しているようで好きでなかった。

北国では梅の開花と桜がならんで咲くと聞いている。これは静岡では不思議。紫モクレンとサクラの共演を眺めて、これは名演枝だった。

何だか年寄りが花の色香を綴って正直はにかむ照れてもいる。

しかし茶もまた茶の色香を愛でるいと　おしむように　感嘆するものであるように思う。

桜前線の北上が平年並みはしばらくぶり。このゆっくりが、春らんまんのうしろにくる新茶にも色香をたっぷりのせてくれるようで、その予感が年寄りの背を圧してくるようなうれしさがある。（4／11）

2015年（平成27年）

東名高速道路でいただいた地図を切り張りしてみました。目安は御前崎です。

このごろのことを綴ります。三月二十九日前後両日にかけて川根本町の大井川水系の山の谷奥文沢へ行ったのです。これは林業にかかわる山容とか林道とか、山林伐採にちなんででもろもろの見聞のため、新茶といっしょに届ける「滝の谷紅茶」創刊号に書いている記録の取材？　……要は笠張山の（七七〇㍍）ふもと滝の谷から無双連山（一〇八一㍍）のふもと文沢まで地図上では近いのに、道のりは大井川に出て北上して実に遠い。遠のりがずい分あった。家山の桜まつりもついのぞく時間がない程、日暮れました。と五日の日曜日、私が一九五二年（昭和27）藤枝東高入学のクラス主任であった増田祐三先生の著書『算法独楽』和算の研究書が昨年静岡新聞社特別自費出版大賞を受賞されての私達二十八回卆、次は三十一回卆、三十六回卆とクラス主任三期共催の祝賀会があって。……曽根、水野両氏関東組、他クラスの杉井、多々良等やっぱ関東組も瀬戸川の花見で二次会を企画。しとしとあいにく雨。せとや温泉「ゆらく」。……花散りぎわを車窓から北上する行程となった。

翌日私のところを宿にした曽根、水野と家山桜トンネルを花曇り、何枚もピンクの花弁が白髪頭に舞い川根温泉で休息をとる。同行の水野は実家の墓参りとのこと、だったら焼津高草山のふもと花沢の里の桜まで足を伸ばそうと、大井川、家山から道路事情すこぶる良好一時間たらず。高草の桜は不思議だ。たっぷりまだ一分散り家山は八分散りなのに。


だらだらと書いた。いったい私は何を書きたいのか。

一つ、山の桜はかなり散っているのに南はかなり残っている。

二つ、高草山（五〇〇）、私の藤枝の高峯高根山（八七二）、無双連山（一〇八一）のこと
三つ、先生の髙州大新島のお宅から笠張山が三角で望めると書きたかった。

乱筆乱々文章失礼。（4／7深夜　太衛五月で79歳です）

２０１６年（平成28年）

二〇一六年と綴りました。一九三六年の生まれです。男、人並み、平均寿命、この五月八〇になります。ありがとうございます。昔の名前のままで図々しいようです。

五十年前、昭和四十一年あたりはまだ三〇でした。「農業の曲がり角」新幹線が生まれた頃、茶百姓片手間に親族、それから恩師、親友の皆さんにお茶を買っていただく〝臼井園〟をほそぼそお願いし、今日に至りました。有吉佐和子の小説『複合汚染』は昭和四十九年でした。私は自分の茶畑だけのちの〝水車むら〟中核メンバーに支えられ無農薬茶を試み、やがて紅茶。

紅茶も本年で三十二年めに入ります。

しかし十六年前二〇〇〇年この私の農業とその産直はせがれにまかせて、「水車むら農園」息子五〇になりました。

年々風は吹きました。吹いています。いよいよ私にも突風は近いでしょうが、二〇一六年臼井園「新茶だより」を綴らせていただきます。

桜はやさしい風のなかで　あ羽虫かな　蝶のようにも　舞っています。（４／11日記）

2017年（平成29年）

八十路を越えると　これまでが全部昔話になって、昔は江戸時代までつながって、やみやらあかりがあって、かすんでくるようだ。

おまんま　でんきの　ぎんしゃり
とおゆのへやで　こたつにもぐり
ふろはひねると　おゆがわく　――もったいない世になったと思う。

それでもお茶だけは、自動販売機ではつくれない。藤枝、瀬戸谷の土と百姓がつくって急須でいただいている。この実感が豊かだ。

台所のグラスに野や山の花をさしこんで二、三日眺めた。しいたけと初もののタケノコをしょう油でにてメシにまぜて二、三日喰っている。春はやっぱりいい。菜の花はつぼみがぎっしり菜種のさやも生まれてる。

ナタネ油、ナタネカス（肥料）は知っていてもナタネの栽培。

ワタ、モメンは知っていても木綿の栽培それからハオリまで。

サトウは知っていても、サトウキビとかテンサイの栽培。私達から遠くなった。

お茶の藤枝の土と百姓がたんせいして臼井園から届く。

春はやっぱりいい。今年はもちろん来年もさらいねんものみたい。（4／16）

2018年（平成30年）

いかがおすごしでしょうか、とごあいさつ申しあげてもなかなか相手によって答えはさまざまです。

「私はどうお答えすればいいのか」えらんで本年の新茶だよりの言葉の迷路でにっちもさっちもいかない。

今年の春は野山に早々と花を恵んで下さいました。私はときどき浦島太郎のようにも思います。しかしあるとき竜宮城にそうだ行って招待された記憶はございません。伝言申し上げたいことはつくづくと人生ながいと思うことがございますと。

「人生短い」が常識ですが、短期決戦で負けてきてますと負けるが勝ちとは申せ、いいかげんに人生消えて欲しいと自分が消えている気分でずっとねむっていたようにも思います。だから時々ハッと俺はまだ生きているんだと気付くのです。もったいない。

最近ＴＶの「徹子の部屋」で老人、「きょういく」と「きょうよう」が大切である。漢字で書くと「今日行く」と「今日用」事がある。

毎日出掛けることと用事をつくることが大切の意。

とみに最近やたらと雑用です。それは新茶が近ずく花の散る気配と重なって老人きょうよう、きょういくけっこうけっこう。（４／６）

２０１９年（平成31年・令和元年）

寒い花冷えなどとしゃれた感じでなく、不気味でさえある。でもこのテーマで文章を続けたくはない。

〝山笑う〟季語にちなんで、笑いは口もとがちょっぴりゆるむ。口元のあたり山桜が咲きはじめた。三月の半ば過ぎ、口許は山桜だと思った。一週間も過ぎると目が笑い、鼻もあってするとバランスに苦労して、おかめ、お多福遊びをしてるようだった。

四月に入ると雑木林の山は若芽がそれぞれ萌え出している。しわが増えるようで、中ばを過ぎた今は役者出そろってはなやかな舞台。

二十一日、ＴＶは長崎の開花宣言を伝えていた。

二十二日、たまたま旅の九州内陸部、高千穂は開花、翌日の阿蘇も、露天風呂から眺めた。

二十三日、九重山から日田も太宰府天満宮も立派に咲いていた。

二十四日、滝の谷も立派だし、東京はじめ南国は殆ど開花宣言をしたのに、藤枝の街も静岡もつぼみ、静岡の宣言はようやく二十八日。

この傾向は若干毎年あるのだが、今年はきょくたんだった。不気味である。まだ桜が残っている。しかしたよりは待ってくれない。（４／13日夜記）

『臼井太衛と下田光夫』（二〇一九年十二月）

再び没落

一九五七年　わが詩「没落」の断面に
〈ぼくは白い髭の先祖になった／とりはらった屋敷跡に／それは昔風呂場にあった厚い鏡の／めしゃんこにくだけた一枚だった／（それらの）／部落をきれぎれに写す鏡の風景を／
もちろん信じたいのだ〉
くだけ散る痛々しい景を
歪んだまゝのむらの裸景を
〈もちろん信じたいのだ〉と
そこは悲愴でももちろん理想郷でもなく
あるがまゝの裸景で

三年前の合併まで志太郡瀬戸ノ谷村字滝の谷
戸数三〇　むらの衆二〇〇人ほどが
土産林産地産で　いがみあっても糧を得ていた

二〇一四年　私は白い髭の爺さんになった
藤枝市瀬戸ノ谷の集落滝の谷から
子供の声が遠ざかって久しい
戸数二〇余ばらばらとざっと八〇人あまり
通勤年金地産三分割あたりで餌《え》を得てる
百年あたり向こう　この谷地の婆婆に
理《ことわり》や糧銭も色恋もくぐり抜けてきた染色体が
隠遁に似たひとむれの家族でいい
夕暮れモクモクと煙が谷筋を這う景を
もちろん信じたいのだ

『臼井太衛と下田光夫』２０１９年12月

山の向こう

山のむこう
夢のなかのむこうの
山のむこう
ずっと山のむこう
夢のなかの
還るべき　山のむこうの
低い低い
窪んでいて
湿ったところ

一寸ばかりの
正体などとは言えない
山のむこうに
浮いているのか
追われているのか

山のむこう
たぶん鎌風のような姿だろうか
山のむこうに
せいぜい一本の倒れた杉の老木と
それを囲む
暗ぼったい空間を住処として
確かに一寸ばかりか三分ばかしか
正体不明の
やっぱり鎌いたちのようなかっこうで
山のむこう
そこへ還るように逝く
山のむこうの住処へ
湿った暗がりへ

山のむこう
一寸にも届かないような
たぶん鎌風のような
山のむこうに

山のむこう
山のむこうへ
還る
山のむこう

『臼井太衛と下田光夫』２０１９年12月

臼井太衛《うすいたえい》 略歴

昭和 11 年	（1936）	5 月 25 日、	静岡県志太郡瀬戸ノ谷 12317-1 に生まれる。
昭和 30 年	（1955）	5 月	藤枝東高校卒業後、農業講習所を経て、農林業に従事
昭和 36 年	（1961）	3 月	青年団活動後、落合澄江と結婚
昭和 43 年	（1968）	3 月	詩集『躰が軟便になってゆく』出版（自家版）
昭和 47 年	（1972）	5 月	詩集『わが風土圏』出版（自家版）
昭和 50 年	（1975）		みかん栽培を放棄、筍・お茶を有機栽培
昭和 56 年	（1981）		水車むら会議主宰
昭和 57 年	（1982）	8 月	『水車むら水土記』出版（樹心社） 水車むら紅茶事業部で国産紅茶を再興する 10 年後、株式会社にして通して 30 年経営。
平成 5 年	（1993）	12 月	『水車むらへようこそ』出版
平成 12 年	（2000）		水車むら農園を長男大樹に引き継ぐ
平成 18 年	（2006）	5 月	『ひとさしゆびのさかさむけ』出版（自家版）
平成 27 年	（2015）		株式会社水車むら紅茶解散、「農事組合法人滝の谷紅茶」が引き継ぐ
令和元年	（2019）	12 月	『臼井太衛と下田光夫―臼井水車むら紅茶顛末記 初期小説 下田光夫 東北風 いろり火』出版（私家版）

臼井太衛 文学経歴

静岡県詩人会、静岡県文学連盟会員
藤枝東高の文芸誌で詩のスタートをする。1955年に詩同人誌『Λ』（静岡市）に参加。地元文芸「村の地下茎」などの農民詩により、詩人松永吾一、黒田喜夫の推薦をうけ1958年谷川雁、黒田喜男、松永伍市、井上俊夫らの『民族詩人』（東京）の同人となり、『躰が軟便になってゆく』『わが風土圏』所載の詩を発表する。1963年静岡市の小説同人誌『静岡作家』の創刊に参加、同人に谷川昇、山本恵一郎、岩崎芳生。後年には、藤枝市の作家小川国夫の顕彰を主眼に「藤枝文学舎」の運動をおこし、牽引力となる。活動は藤枝市による藤枝郷土博物物館・文学館として結実する。文学館は小川国夫、藤枝静男を中心とした常設をもつ。文学舎は並行して30年をこえる文学活動を行い、2019年に解散する。

（岩崎芳生 記）

臼井太衛全詩集

発行 令和2年1月31日
定価 本体1500円＋税

著者 臼井 太衛
発行人 松原 正明
発行 羽衣出版

〒422-8034
静岡市駿河区高松3233
TEL 054-238-2061
FAX 054-237-9380

ISBN978-4-907118-48-8 C0092 ¥1500E

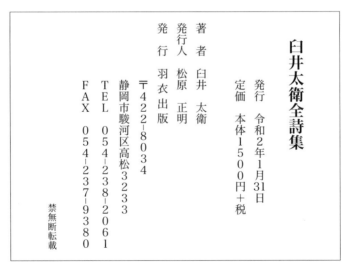